JN051193

講談社文庫

凜として弓を引く

碧野 圭

講談社

凜として弓を引く

1

それはほんの偶然だった。その日矢口楓《やぐちかえで》は少し遠回りして、神社の中を突っ切って家に帰ろうとしていたのだ。その回り道が、楓にとって大きな出会いをもたらすとは、その時は知る由《よし》もなかった。

時は三月下旬、都心から電車で三〇分ほど西にあるこの町でも、厳しい寒さは和らいでいた。桃やコブシや雪柳が、冬の間ためておいたエネルギーを解き放つように、一斉に花開かせている。色とりどりの花々を見て、楓のこころも浮き立った。この地で始まった新しい生活を祝福してくれるように思えたのだ。

それまで楓が住んでいた名古屋の都心部に比べて、このあたりは緑が多い。公園や民家の庭や道路脇などいたるところに、樹齢一〇〇年くらいはありそうな太くて大きなケヤキやイチョウの樹《き》を目にする。武蔵野《むさしの》の雑木林の名残だ、と母は言っていた。住宅街の真ん中にあるその神社の境内には大木が密生していて、表通りからは中の様子が見えない。

まるで世俗から守るために結界が張られているみたいだ。

家から歩いて五分ほどのその場所が、数日前にここに引っ越して来た時から楓はずっと気になっていたのだ。

せっかく時間があるのだから、どんなところか見てみよう。

そうして鳥居の内側に足を踏み入れた。外から見るより、境内の敷地《しきち》は広い。小学校のグラウンドくらいの広さはありそうだ。参道は三〇メートルほどあり、その右手には鉄筋の立派な社務所、左手には小さな木造の神楽殿《かぐらでん》もある。拝殿は白壁と黒い木の柱と緑青《ろくしょう》に染まった銅板の屋根でできており、厳かな雰囲気を漂わせている。楓は拝殿の正面に立ち、リュックからお財布を取り出した。中には千円札が二枚それに十円玉と一円玉がいくつか、五十円玉がひとつ。楓はちょっと迷ってから五十円玉を取り出し、賽銭箱《さいせんばこ》に入れた。そして、鈴の太い綱を引っ張って鳴らすと、両手を合わせた。

「近所に越してきた矢口楓です。これからよろしくお願いします」

声に出さず、心の中で神さまに挨拶した。

「四月から高校に入ります。どうか、友だちができますように。楽しい高校生活が送れますように」

その時、かすかにパン、という音が楓の耳に響いてきた。

なんだろう。

楓は耳を澄ます。再びパンという音が耳を打った。拝殿の裏手の方から聞こえてくるようだ。いつもなら気づいてもスルーしていたかもしれない。しかし、その日の楓は暇だった。高校に上がる直前の春休みなので宿題もなく、引っ越したばかりで近所に友だちもいない。家にいてもやることがなかった。仕方ないので近所の図書館に行ってみたのだが、あいにく休館日だった。それで、午前中の時間がぽっかり空いてしまったのだ。

拝殿の五段ほどの階段を下りながら、楓は思った。

もしかして、テニスのボールを打つ音かもしれない。

楓は中学時代、軟式テニス部だった。この春から入学する高校では、硬式テニス部に入部しようと決めていた。だから、こんな近所にテニスコートがあるかも、と思うとわくわくした。それで、音の正体を確かめることにしたのだ。

誰がやっているんだろう。私くらいの子もいるのかしら。

拝殿の脇に回り込み、本殿へと続く細い道を歩いていくと、すぐに視界が開け、それがいきなり目に飛び込んできた。

本殿の脇にあったのは弓道場だった。パンと聞こえたのは、弓から矢が離れる時に出る音だ。弦音《つるね》というのだ、ということを、楓は後から知ることになる。

「うわぁ」

思わず楓は声をあげた。弓道という言葉は知っていたが、実際に見るのは初めてだった。

ひなびた木造の建物の中から野外にある的に向かって、白い胴着と黒の袴《はかま》を着た人たちが一心に弓を射ている。建物の奥に同じ格好をした三、四人の人たちが座っているが、身じろぎもせず、沈黙したまま弓を射る人たちを見守っている。

それはまるで時代劇のセットのように非現実的な光景だった。

わ、おもしろそう。ちょっと見物して行こう。神社の敷地の中だけど、ふつうにスポーツをしているだけなんだから、見ていてもかまわないよね。

そんな風に自分に言い訳して、楓は弓道場の脇にある低い柵の前に立った。そこからは弓道をする様子がよく見える。射場に立つのは三人。三〇代くらいの女性がふたりと男性ひとり。いちばん奥に立った女性は左手で弓を持ち、右手を腰に当てている。それまで座っていた真ん中の女性は立ち上がろうとしている。いちばん手前にいる男性は、座ったままだ。奥の女性が矢をつがえ、パシンと音を立てて放った。矢は的の真ん中に中《あた》り、スパンッといい音をさせた。

わあ、中った。しかも、ど真ん中。

テニスならナイスショット、と拍手するところだ。

しかし、矢を放った本人は何事もなかったように無表情だ。弓を下ろし、ゆっくりその場から離れた。奥で見守っている人たちも、声ひとつ立てない。それで、楓も拍手しないことにした。

二番目に真ん中の女性が矢を放った。今度は外れたが、やはり本人もほかの人たちも何も言わない。三人目は男性だった。男性の矢は力強く飛んで、的の真ん中よりやや下の方を射貫《いぬ》いた。男性も無表情で、お辞儀をして退場する。三人終わると、急にその場を支配していた緊張が緩んだ。奥にいる人たちが何やらしゃべり始めた。動けずにいた楓もほおっと大きく息をした。知らずに自分も緊張していたらしい。

「すごいね、これまでのところカイチュウカイチュウじゃない」

という声が聞こえて来た。カイチュウとは、全部矢が的に中ったことを意味する〝皆中〟のことであるが、まだ楓にはわからない。

矢を放った三人が、生け垣のすぐ脇の細い道を通って、的の方に向かう。そして、的に突き刺さった矢を抜いて戻って来た。楓のすぐ前を通り過ぎるので、男性の顔がはっきり見えた。思ったより若く、楓とあまり変わらない年頃のようだ。切れ長の目が印象的な整った顔立ちで、胴着と袴が清潔感を際立《きわだ》たせている。

カッコいいな。思わず楓はみとれた。

もう一度、この人が矢を射るところを見たい。

それで、もうしばらくそこに留《とど》まることにした。楓が見ていても、弓道場の人は誰も見学者のことを気にしていないようだ。

弓に集中しているから、私のことなんか、誰も目に入っていないんだろう。

楓は勝手にそう解釈して、見続けることにした。

次は別の三人が射場の奥に立った。今度は初老の男性がふたり、中年の女性がひとりだ。

三人は一列に並んで前の方に出て来た。足運びも、ターンするタイミングも、みごとに揃《そろ》っている。まるで儀式のようだ、と楓は思った。お辞儀したり、弓を立てたりするのにも決まった作法があるようだ。

楓がいままで見たりやったりしたスポーツで、こんな風に儀式めいた作法をするものはなかった。運動会の入場行進などは前後左右の人と揃えようとするが、ここまでぴったりではない。試合をちゃんと見たことないけど、やっぱり剣道や柔道もこんな感じなのだろうか。

三人並んでいるうちの、いちばん奥の白髪の男性になぜか目が行った。ちょっとおなかが出ているし、胴長短足のいわゆる日本人体型だ。だが、背筋はぴんと伸びているし、足腰はどっしりとして安定感がある。

弓道着を着ていると、ふつうのおじさんでもカッコよく見える。やはり日本人だから和服が似合うんだな。

まわりの男性が着物を着ているのを、楓は見たことがない。せいぜい祭りの時の法被《はっぴ》くらいだ。父や、二歳年下の弟は着物も浴衣《ゆかた》も持っていない。

白髪の男性は流れるように矢をつがえ、ゆっくりと弓を引き絞った。力が入っているのか、腕がわずかに震えている。左手に弓を、右手に弦《つる》を持っていっぱいに身体《からだ》を開いた姿勢をしばらく保った後、矢を放った。

矢は的の真ん中に中った。先ほどの三人と、どこがどう違うかわからないが、美しい、と楓は思った。そう思ったのは楓だけではないらしい。道場にいた人たちも、初老の男性が射を終えると、ほおっと溜《た》め息《いき》を漏らしている。あとのふたりも的に中っていたが、それほど感心されていないようだった。

それぞれが二射終わると、矢を取りに行くことになっているらしい。白髪の男性は少し足が悪いようだ。弓を引いていた時には気づかなかったが、足を引きずっていて歩きにくそうだ。すると、さきほどの少年が「僕が行ってきます」と言って、白髪の男性の代わりに矢を取りに来た。そして、再び楓の目の前を通りかかった。

少年が楓の方を向く。生け垣越しに少年と目が合った。少年の澄んだまなざしに思わず楓が目を伏せると、少年は言った。

「きみ、さっきから熱心に見ているけど、弓道に興味あるの？」

「え、ええ」

見られていたんだ、と知って頬が熱くなる。

誰も私のことなんか、気にしていないと思ってたのに。この人、私のこと、なんて思ったのだろう。じろじろ見て、失礼なやつ、って思ったんだろうか。

ところが、少年の言葉は予想を裏切った。

「じゃあ、ちょうどよかった」

「えっ、どういうこと？」

「ちょっと待っててね」

少年は矢を取ってから射場に戻ると、矢を片付けた。それから年配の女性に何か話し掛けた。ちらちらこちらを向いているので、楓のことを話しているのだろう。女性はうなずいてファイルから紙のようなものを出す。少年はそれを受け取り、楓の方に戻って来た。そして、持っていた紙を楓に差し出した。

恐る恐る受け取って、紙を見た。それは、弓道の体験教室の案内だった。

「ちょうど明日から弓道の体験教室が始まるんだ。市の広報でも募集掛けているんだけど、なかなか人が集まらなくて。興味あるなら、きみもやってみない？」

「えっ、でも……」

いきなり言われて、楓は困ってしまった。それまで弓道をやろうと思ったこともなければ、見ようと思ったことすらなかった。

一〇分前まではまるで自分には関係ないものだったのだ。

それを正直に言ったら、この人、気を悪くしないだろうか。

「だけど、私、いままで一度も弓に触ったことないし、なんか難しそうだし……」

もごもごと小さな声で言い訳する。

「難しくなんかないよ。小学生でもできるんだから。体験教室は全部で六回。未経験者が対象で、先輩が一から丁寧に教えてくれるから、心配いらない。それに、体験教室ではお金も保険料の一〇〇〇円しか掛からないよ」

「そ、そうなんだ」

「弓道はいいよ。運動神経関係ないし、いくつになってもできるんだ。それに、学校の違う友だちもできる」

まるでセールスマンのように、少年は熱心に勧誘してくる。どう言えばいいのだろう。楓は困ってしまった。

「で、でも、おかあさんに聞いてみないといけないし」

とっさに思いついたのは、そんな言い訳だった。相手は自分が弓道に興味ある、と思い込んでいる。ほかに断る口実が思い浮かばなかった。

高校生にもなって、母親を口実にするなんて馬鹿にされるかな、と思ったが、杞憂《きゆう》だった。相手は意外にも簡単に引き下がった。

「それもそうだね。だけど、体験教室は明日からだから、もし興味あったらすぐに連絡くれる？　チラシに連絡先、書いてあるから」

「うん。ありがとう」

楓は逃げ出したい気持ちでいっぱいだった。これ以上、ここにいてよく知らない男の子と話すのは苦痛だ。

「ところできみ、高校生？」

「は、はい。この春から高一です」

「僕は高校三年になるんだ。ここ、同世代が少ないから、高校生が入ってくれると嬉《うれ》しいよ」

そのきらきらした笑顔には、人見知りの楓でも、思わず引き込まれる。

弓道、やってみます、と堂々と言えたら、どんなにいいだろう。だけど、高校の部活と両立は無理だし、もし自分が始めたとしても、上達が遅かったら、がっかりさせるだろうし。

「体験教室だけでもいいから、来てくれるといいな。その後続けるかどうかは自由だし、少しでも弓道のよさをわかってくれたら、それだけで嬉しいから」

男子高校生は、さわやかに言い残して去って行った。胴着と袴をしゃんと着こなしたその後ろ姿も凜々《りり》しい。

もし自分が弓道を始めたら、彼と仲よくなれるのかな。

そんな期待が頭をもたげたが、すぐに楓は頭を振った。

いやいや、あんなイケメンなら彼女がいないわけないし、よけいな期待するだけ無駄。それに、これから高校生活が始まるんだから、弓道どころじゃない。

そう自分に言い聞かせて、楓は家に帰って行った。

その日の夕食の時間に、楓は家族に体験教室のことを話した。参加するつもりはさらさらなかったが「おかあさんに聞いてみる」と少年に言ったので、それを嘘《うそ》にしたくなかったのだ。夕食は弟の大翔《はると》のリクエストでハンバーグだった。

「へえ、いいじゃない。体験教室、行ってみれば？」

母は箸を止めることもなく、あっさり言った。今日は父が職場の歓送迎会で、夕食は食べてくるらしい。ハンバーグは手作りだが、つけあわせのポテトサラダは近くのスーパーで買ったもの。父がいないので、母もちょっと手を抜いている。

「えーっ、めんどくさいよ」

「そうは言っても、この春休み、何もやることないでしょう？　だったら、いい暇つぶしになるじゃない」

「それはそうだけど……」

楓は名古屋からこちらに引っ越して来たばかりなので、近所に友人がいない。図書館に行くくらいしか、やることがないのだ。薬剤師である母は引っ越す前から転職活動を始め、今週から近くの薬局で働き始めたので、楓に行くところができた方が安心だと思ってるのだろう。

「姉ちゃんに弓道なんて無理じゃない？　運動神経鈍いんだから」

弟の大翔が横から茶々を入れる。大翔の皿の上にはひと回り大きなハンバーグが載っている。運動量の多い大翔は、楓と同じ量では足りないのだ。

「うるさいなあ。そんなに悪くはないよ。私は普通だってば。一応、中学のテニス部ではレギュラーだったし」

大翔は楓より二歳年下。この春から中学二年生になるが、前の中学のサッカー部では、上級生を差し置いて一年の時からレギュラーだった。運動神経がよく、スポーツ全般何をやらせても上手にこなす。その大翔から見ると、楓は鈍く見えるらしい。

「だけど、試合じゃ全然勝てないじゃない。姉ちゃん、度胸ないからさ」

「よけいなお世話！」

思わず大きな声を出した。試合度胸がない、というのは本当だった。練習でやれたことの半分も試合ではできないのだ。

中学最後の試合のことが頭に浮かぶ。

がちがちに緊張して、手も足も思うように動かなかった。

ペアを組んでいた友だちの、いらだった顔。

応援していた部活の後輩たちの、がっかりした声。

「ほら、家じゃこんなに大声出すのに、外じゃまるで借りてきた猫。姉ちゃんはほんと内弁慶なんだから」

「もう、年下のくせに、姉を馬鹿にして」

「馬鹿になんかしてないよ。俺は事実を述べてるだけ」

いつものように他愛ない口喧嘩《くちげんか》をしていると、母が止めに入った。

「まあまあ、ふたりともそれくらいにしときなさい。それで、体験教室ってお金掛かるの？　弓を買わされるんじゃないよね？」

「お金は掛からないみたい。全部で六回あるけど、保険料の一〇〇〇円だけでいいんだって。市の広報にも載ってるって言ってたから、ちゃんとした教室だと思うけど」

「だったら、いいじゃない。やってみれば？　日本古来の文化に触れるっていうのもいい経験よ。一回で終わりじゃなくて六回あるなら、きっとお友だちもできるわよ」

母は体験教室に好意的だ。引っ越しでお金が掛かったとぶつぶつ言っていたので、一〇〇〇円しか掛からないことが気に入ったのだろう、と楓は思う。

「そうだけど……」

友だち、できるのかな？

同じ高校の人がいたら、学校のこと、いろいろ教えてくれるかな？

「それも無理と違う？　姉ちゃん人見知りだしさ」

大翔が水を差す。大翔はすでにこの地区のサッカークラブに入り、毎朝練習に通っていた。それが終わると、チームの仲間たちと近くの川や、その周辺の公園を走り回っている。大翔は人見知りせず、誰とでもすぐに打ち解けた。それに比べると、楓は初対面の人とはなかなか打ち解けられない。

「そんなことない。今日、すでに弓道の人と仲よくなったし」

楓は見栄《みえ》を張った。ちょっと話しただけだが、少年と知り合いになったのは嘘ではない。

「じゃあ、行ったらいいじゃない。一〇〇〇円くらい出してあげるし」

母はさらに熱心に勧める。なんでこんなに熱心なのだろう。

「でも、明日からなんだよ。急に申し込んでも、向こうも困るんじゃない？」

「あら、大丈夫よ、きっと。こういうものは参加者が多い方がいいに決まっているから」

「そうかな」

「そうよ。退屈しのぎになるし、友だちもできるし、一石二鳥じゃない」

「そうだね。それもいいのかな」

楓はまだ迷っている。春休みの退屈しのぎにはなりそうだけど、苦手な人がいたら嫌だな。

楓の迷いを断ち切るように、母は言う。

「じゃあ、決まりね」

そうしてチラシの連絡先に電話を掛け、さっさと楓の体験教室の予約を取ってしまった。楓がぐずぐずしてやりたがらないのを見ると、いつも母はそうやって先走って行動してしまう。仕事をしているせいか、もたもたしているのは嫌いなのだ。楓は内心反発を覚えるが、自分でやるより楽なので、結局母まかせになってしまっていた。

高校生になったら、そういうところは変えようと思っていたんだけどな。

楓は小さく溜め息を吐く。

結局自分がしっかりしなきゃいけないことなのに、ちょっと情けない。

「服装は動きやすければなんでもいいんだって。持ち物はいらない。用具は全部貸してくれるそうよ。朝は一〇時集合だそうだから、遅れないでね」

母は楓の屈託に気づいた様子もなく、てきぱきと説明をする。

「先方の人、喜んでいたわよ。高校生で体験教室に来る人は少ないから、大歓迎だって。よかったわね」

高校生が少ないなら、友だちだってできないじゃない、と楓は思ったが、何も言わなかった。明日ほかにやることがないのは事実なのだ。

ちょっと変わった暇つぶしと思えば、それでもいいか。あの少年にも会えるし。

そうして楓は自分を納得させていた。

2

翌日、弓道場に集まった体験者は六人だった。射場の奥にある八畳ほどの和室のスペースに、みんな所在なげに座っていた。体験に来た人たちはスポーツウェアか普段着だ。楓も、トレーナーにジーンズを穿《は》いている。その場には弓道会の先輩たちもいたが、彼らはみな胴着を着ているので違いは一目瞭然だ。

あの男子高校生はいないのか。

まわりを見回して、楓はがっかりした。知らない人ばかりだし、ほとんど年上だ。あの男の子と一緒に練習できると思っていたのに、体験教室だから来ないのかな。

体験者の中には同じ年頃の少女が一人だけいた。その少女は、はっとするくらいきれいだった。色が抜けるように白く、睫毛《まつげ》が長く、大きな目は褐色で澄んでいた。小柄だが、頭が小さく手足は細くて長い。モデルさんみたいだ、と楓が見惚《みと》れていると、視線に勘づいたのか、少女がこっちを見た。その目は笑っていない。「じろじろ見ないで」と言われているような気がして、楓は視線を逸《そ》らした。

「あなた、高校生？」

隣に座っていた年配の女性が話し掛けてきた。女性は楓の母よりもさらに年上のようだ。

「はい、この春から高一です」

「わー、若いのね。うちの息子より若いわ。私はずっと年上だけど、よろしくね。小《こ》菅《すげ》といいます」

「私は矢口楓です。こちらこそよろしくお願いします」

これくらい年上の相手だと、ことさら仲よくなろうと思わなくてもいいので、気持ちは楽だ。それに、体験教室の六日だけのつきあいだから、その時だけいい関係でいればいい。むしろ、同世代の方が緊張する。あの美少女は、なんという名前だろう。

「どこに住んでるの？」

「N町」

「じゃあここから近いのね」

「歩いて五分くらいです」

「いいなあ。私、M町だから車で来てるのよ」

「あ、それは大変ですね」

相手が自分を子ども扱いしないのが嬉しかった。そこへ胴着を着けた高齢の女性が近づいてきて、体験者たちに声を掛けた。

「時間になったので、始めましょう」

この人、きっとおばあちゃんより年上だ、と楓は思った。名古屋にいる母方の祖母は六五歳だが、おしゃれが好きで観劇が好きで、宝塚の舞台を観《み》るためだけに兵庫県までわざわざ着飾って出掛けたりしている。そのおばあちゃんよりも年上だろう。そんなお年寄りが先生なんだろうか。

名古屋に住んでいた頃は、祖父母の家はすぐ近くだったたし、母が仕事で忙しい時は、そちらで夕食を食べさせてもらっていた。優しい祖父母が楓は大好きだった。おばあちゃんたち、元気かな。うちが引っ越して、寂しがっていないかな。

ふと、ホームシックのような感情に襲われ、切ないような甘やかな感情が湧き上がってきたが、いまはそれどころじゃない、と無理にそれを抑え込んだ。

「私が体験教室の指導の責任者の前田《まえだ》幸子《さちこ》と申します。それから、そちらの久住明子《くずみあきこ》と隅田毅《すみだたけし》の三人がこの体験教室を担当します」

久住も隅田も前田よりは若いが、五〇歳より上に見える。

「まずは出席を取ります。真田《さなだ》さん……真田善美《よしみ》さん」

　すると、あの美少女が「はい」と答えた。前田は美少女を探るようにじっとみつめると「いいお名前ね」と言った。美少女は無言のまま、なんのこと？　というように前田をみつめ返した。

「真田の真は真実の真、それに善と美。真善美は、弓道で最高目標とされることなのよ。それが三つお名前に重なっているなんて、ほんと珍しいわ。まるで弓道をやるために付けられた名前のようね」

　そこにいた全員がへーっと感嘆の声をあげた。胴着を着た男性が、わざわざ名簿を確認しに来たほどだ。「真田さん、ってもしかしてあの」とささやく声も聞こえた。なにが「あの」なんだろう、と楓は思ったが、善美の方はクールだった。「そうですか」と、言っただけで、あとは無表情だ。あまり興味がないのかもしれない。それで盛り上がりかかった空気もクールダウンした。前田はそれ以上尋ねることなく、出欠の確認に戻った。

「三橋千佳《みつはしちか》さん」

「はい」

「田辺明恵《たなべあきえ》さん」

「はい」

三〇代くらいの女性たちは、どうやら一緒に申し込みをしたらしい。待っている間もふたりで親しげに会話していた。

「小菅ゆかりさん」

「はい」

「……それから、フレデリック・モローさん？」

「はい」

返事をしたのは上下スウェットの、三〇代半ばくらいの男性だ。大柄で茶褐色の髪に目の色は緑だ。そして、さっき起きたばかりのように、髪にはへんな寝ぐせがついていた。

「あなた、アメリカの方？」

「いえ、フランスから来ました。こっちの大学で勉強をしています。弓道のことは、アニメで知りました。とても楽しみ」

テレビに出てくる外国人タレントのような流暢《りゅうちょう》な日本語でモローは答えた。

「アニメって日本の？」

「はい、フランスでも日本のアニメ観ることができます」

弓道のアニメなんてあったっけ。もしかしたら、モローさんってオタクなのかな、と楓は思ったが、前田はそれ以上深くは尋ねなかった。

「いっしょに頑張りましょう」

と、ゆっくり発音した。モローはにっこり笑って「はい」と返事をした。そして、最後に「矢口楓さん」と呼ばれたので、楓は「はい」と返事をした。

「いいお名前ね。あなたも弓道に向いてるお名前ね」

なんのことかわからず、楓が戸惑っていると、

「矢口っていうのは、弓道用語で弓と矢が接する場所のことを言うの」

と、先生は言う。楓はちょっと驚いた。自分の姓にそんな意味があるのか。だったら、自分も弓道に縁があったのかもしれないな、とちょっといい気分になった。

「これで、全員ね。よろしくお願いします」

という前田の言葉に、みんなも「よろしくお願いします」と頭を下げる。楓もそれを見て、慌てて頭を下げた。

「ああ、だめだめ。最初だから、やり直しましょう」

前田はそう言うと、正座をして背筋をぴんと伸ばした。そして、膝に載せた手を両膝の脇に添わせ、そこから頭を下げながら同時に両手を前に滑らせ、床に平行になる

くらい上半身を深く倒すと「よろしくお願いします」と、言う。

「これが正しいお辞儀の仕方です。やってみましょう」

そう言われて、みんな身体を起こす。楓も、畳の上で正座の姿勢になった。家には和室がないし、楓は正座自体それまでちゃんとやったことがなかった。重ねた足の指先の上に、お尻をちゃんと置くことができなくて、もぞもぞと身体を動かした。

「背筋をちゃんと伸ばして。えっと、あなた、矢口さん？」

急に名前を呼ばれて、楓はどきっとした。

「背筋、もうちょっとまっすぐにして」

楓は目立つのが嫌で、なんとなく背中を丸めてしまう癖がついていた。親にもよく注意される。いきなりそこを指摘されて恥ずかしい。

「モローさん、正座ができるんですね」

前田の声に、みんなの視線がモローに集まった。モローは得意げに正座している。

「はい、ワタシ、日本に来る前に練習しました。日本人、正座する。できないとシツレイ」

それを聞いた楓はさらに居心地悪い気持ちになった。自分は日本人だけど正座はうまくできない。それって、日本人として恥ずかしいことなのだろうか。

いや、私だけじゃない。きっと楓くらいの年齢の子は、できない人も少なくないはず。日本人なら正座ができるというのは、日本人はみんな着物が着られるというくらい、昔の感覚だ。

「では、よろしくお願いします」

その声で、みんな一斉に頭を下げる。楓も同じように頭を下げた。

「矢口さん、首から曲げるんじゃなくて、背中と首はまっすぐのまま」

前田は傍《そば》に来て、楓の背中の真ん中、背骨のあたりを上から下へと軽く撫《な》でた。みんなが自分を見ている。みんなの視線を感じて、いたたまれない気持ちになった。

「ここに、定規が入っているつもりで。腰から前に倒すのよ。さあ、やってみて」

楓が言われたようにする。今度はうまくできた、と思ったが、

「今度は手を忘れている。礼をすると、自然に手が移動するでしょう」

と、注意された。楓はもう一度繰り返した。自分だけ何度もやらされるのはみっともない。きっと顔が赤くなっているに違いない。楓の三度目のお辞儀が終わると、前田は何も言わず、「じゃあ、みんなももう一度やってみて」と、全員に話しかけた。

「よろしくお願いします」

みんなが声を揃えてお辞儀する。楓も一緒に頭を下げる。「よくできました」と、

ようやく前田は満足したようだった。そうして楓の目を見て言う。

「せっかくここに来たのだから、正しいお辞儀の仕方を覚えて帰ってくださいね。きっとそれは日常生活の役に立ちますから」

その言葉に納得しがたくて、楓は目を伏せた。

弓道を習いに来たのに、いきなりお辞儀の姿勢を注意されるなんて思わなかった。おかあさんだって「足が太くなるから正座はしない方がいい」って言っていた。いまは日本だって椅子の生活が主流だ。畳でお辞儀するなんて、習っても使うところってあるのかな。

こころの中でいろんな疑問や不満が湧いてくる。しかし、楓の鬱屈とは関係なく、体験教室は進行する。

「今日は最初なので、開講式を行います。皆さん、こちらに来てください」

それで、みんなぞろぞろ和室のすぐ隣にある射場の方に移った。射場は板の間で、靴下越しにも板の冷たさが感じられる。ここで正座させられたら嫌だな、と楓は思う。射場には神棚があり、そちらを背に何人か胴着を着た人が並んでいた。

「では、神棚の方を向いて並んで」

そう言われて、体験者のメンバーが立ったまま列を作る。

「では、開講式を行います。一同、神棚に向かって礼」

前田が号令を掛けると、そこにいる全員がお辞儀をした。「軍隊みたいだな」と思いながら、楓も一緒にお辞儀する。

「では、会長からひと言ご挨拶をお願いします」

前田に促されて、男の人が体験者たちの前に立った。その男性は五〇代くらいだろうか。眼鏡を掛けていて、肌は浅黒い。弓道よりもゴルフが似合いそうな感じだ。

「これから弓道体験教室を開催します。この教室も、かれこれ二〇年近くやっていますが、この教室をきっかけに、弓道を本格的に始められた方も大勢います。わずか六回ですが、弓道の基本、そしてそれが目指すところを少しでもご理解いただければと思います。今回は高校生がふたり、それにフランスからの方もいらっしゃるということで、楽しい教室になることを期待しています」

自分のことだ、と楓は思った。高校生の参加は喜ばれる、と母が言っていたけど、本当なんだな。

「皆さん、わからないことがあれば、なんでも指導者にご質問ください。指導者は長年ここで後輩の育成に携わっておりますから、たいていのことはお答えできると思います。指導者の指示に従って、事故なく安全に。そして、どうぞ最後まで楽しんでいってください」

会長の挨拶の後は、模範の射礼というのがあった。模範演武に登場したのは、昨日楓が見ていたあの白髪の男性だった。白井康之《しらいやすゆき》、という名前らしい。

ほかのみんなは邪魔にならないように、射場に続く和室の方に下がった。白井は射場の端に立ち、そこから足を踏み出すと、まず神棚にお辞儀をした。それから、ゆっくりした動作で入場し、規定の位置に着くと、爪先立って腰をおろした。

体験者だけでなく会長や指導者たちも、息を凝らして白井の動作を見守っている。模範というくらいだから、この人はきっと上手なんだ。もしかしたら、会長よりもうまいのだろうか。

白井は流れるような動作で弓を立て、矢をつがえる。それから立ち上がり、両手を引き分けて一射目を放った。

最初の矢は的のすぐ横に外れた。白井は無表情のまま一度座る。座ったまま次の矢をつがえる。そうしてまた立ち上がる。一同息を詰めたまま、じっとそれを眺めている。

白井はきりきりと弓を引き絞り、そのままの姿勢で力をためると、それを解放するように二射目を放った。

今度は、みごとに真ん中に中った。それでも平然とした顔をして、白井は退場した。退場と同時に拍手が起こった。

「とても美しい。写真に撮りたい」

隣にいるモローが溜め息交じりに呟《つぶや》いているのが聞こえた。しかし、楓はこころの中で突っ込みをいれている。

立ったり座ったり、忙しい。ずっと立ちっぱなしで、二射続けて射れば楽なのに、なんでいちいち座るんだろ。

しかし、それで開講式は終わった。

「これから、弓を選びます。弓は体験教室の間、同じものを使ってもらいます」

それを聞いて、ようやく楓の気持ちが上向きになった。弓とか矢とか、弓道は道具が素敵だ。それを使いこなしたら、カッコいいと思う。

弓は和室の奥の弓置き場にずらりと並べられていた。ひとつひとつ、麻の葉模様や花の模様、色もさまざまな弓巻に入れられていて目に楽しい。しかし、それは会員個人の持ち物で、弓道会の弓は模様のない質素なブルーの弓袋に入っていた。ひとつひとつに番号札が付いている。それが二〇か三〇はあるだろうか。

「おお、本物の弓。こんなにたくさん。素晴らしい」

浮かれているモローを無視して、前田は五という番号札の付いている弓を取り出した。弓は近くで見ると思っていた以上に長い。一六八センチある楓の身長よりさらに五〇センチは長いだろう。弦は上部には掛かっているが、その先は弓本体に巻き付けてある。

「竹ではないんですね」

誰かが前田に尋ねた。前田が取り出した弓は黒く、竹のような節の跡がない。

「そう、これはグラスファイバーです。弓には竹でできたもの、竹とカーボンファイバーとの合成、グラスファイバーの三種類あります。初心者の方は丈夫で手入れが楽なグラスかカーボンから始めるといいですね」

前田は弓を持って部屋の隅に行った。そして、弦を弓に添わせて持つと、床から二メートルほどの高さに取り付けてある四角い板の小さなくぼみに、弓の先を押し当てた。そして左手で弓を持ち、腰を入れて左膝に弓を載せて、右手で弓の下部に弦の先を掛ける。そうすると、弓に弦の張った状態になった。そして、みんなの前に弓をかざした。

「この弓の上の先の部分を末弭《うらはず》、下の先の部分を本弭《もと》といいます。そして、この握りの部分は握革《にぎりかわ》といいます。それから、弦のこの部分、弦が太くなっているのがわかりますか？」

　みんなは近寄って弦を見た。弦の真ん中あたり、一〇センチくらいがほんの少し太くなっている。

「この部分だけ、何か巻いてあるんですね」

　モローが言うと、前田はうなずいた。

「そう、これは中仕掛《なかじか》けといって、麻を巻いたものです。ここは矢の筈《はず》、つまり矢のお尻の部分をはめるところなので、自分の矢筈の太さに合わせて調整するんです。これが太すぎると矢筈がはまらないし、細すぎると筈こぼれといって、矢が落ちてしまう。なので買った弦には中仕掛けは付いていません。買った後に、自分で自分の矢筈にあった太さに中仕掛けを作るんです」

　楓はなんとなく変な感じがした。楓の知ってるスポーツ、テニスとかバレーボールとか野球とかではいちいち道具を作ったりしない。完成したものをお店で買ってくる。自分でやらなきゃ完成しないというのは、ちょっと面倒じゃないだろうか。

「弓の部分部分には名称があるのですが、体験教室で必要な名称は、この四つくらいですね。末弭、本弭、握革、中仕掛け。この四つは覚えてください」

　それから前田は、弓袋についている番号札をひっくり返した。そこには八キロと書かれていた。

「これは弓のキロ数です。キロ数というのは重さではなく、引く力のことです。とりあえず、引く力が弱いものから使ってみましょう。男性は九キロくらい、女性は七キロくらいがいいと思います。それでやってみて、もっと強い弓がいいということであれば、すぐに替えられますから」

そうして、各自、弓を取り出して選ぶことになった。弓はどれも同じように見えるが、重さや握りの部分の太さに違いがある。十二番というシールが貼られた、握革が赤い水玉模様の七キロの弓を楓は選んだ。ほかのより、なんとなく持ちやすい、と思ったのだ。

「体験教室の間は同じ弓を使いますから、自分の番号を覚えてくださいね」

それから、前田は奥にしまってあった箱を出してきた。開けると、中には革でできた手袋のようなものがたくさん入っていた。

「これが碟《ゆがけ》というものです。ふつうはカケといいます。矢を射る時、右手にはめるものです」

前田が実際にカケをひとつ取り出した。カケは親指人差し指中指を覆う手袋のようなもので、全体はしなやかな革だが、親指の部分は固く、付け根のところに横にくぼみができている。そこに弦を引っ掛けるのだそうだ。

まず、白く薄い木綿の手袋のような下ガケというものを右手に着けてから、その上にカケをはめる。カケには紫のリボンのような革紐《かわひも》が付属しており、それを手首の位置に巻きつけて固定させる。

「これも弓道会のものですが、教室の間、皆さんにお貸しします。サイズが少しずつ違っていますから、下ガケもカケも自分にあったものを探してください」

そう言われて、体験者たちは箱からカケと下ガケを取り出し、実際にはめてサイズを試し始めた。

「それぞれ番号が書いてありますから、気に入ったものがあればその番号を覚えてください。次回も同じものを使うように」

うーん、いい。やっぱり弓道のスタイルはカッコいい。

楓はカケを着けて、うっとりと見た。これを着けて、弓を持てば、ちゃんと弓道やってる人みたいだ。ほんとはあの白い胴着と黒の袴も着たいのだけど、さすがにそれは貸してくれないみたいだな。

みんながカケを着け終わると、次は執弓《とりゆみ》の姿勢というのを教わった。弓を持った左手と矢を持った右手をそのまま腰にあて、両足をつけてまっすぐに立つ。末弭を床から一〇センチほど浮かせ、末弭と矢先の延長線が三〇度くらいの角度になるように斜めに持つ。簡単なようで、意外と手首の力がいるし、角度を保つのにもコツがいる。

「これが弓道の基本となる姿勢ですから、しっかり覚えてください」

前田が説明する。その後は、安全のために気をつけることや、道場内でのマナーなどを教わって、初日は終わった。


その日の夕食どきに、母に弓道教室の感想を聞かれた。

「ちょっと微妙」

楓は答えた。それ以外、ぴったりくる言葉はみつからない。

「っていうと？」

「体験教室っていうからには、すぐに弓を引かせてもらえると思ってた。だけど、今日は説明ばっかりで、引くどころじゃなかった。なんか消化不良」

「じゃあ、何も教えてもらえなかったの？」

「そういうわけじゃないけど、お辞儀の仕方とか弓の持ち方とか、立ち方とか、そんなことばっか」

「弓道は『道』って文字がついているんだから、武道の一種だもんね。ふつうのスポーツとは違って礼儀作法を重視されるんだよ。武道は礼に始まり、礼に終わるっていうくらいだし。でも、いいじゃない、正しいお辞儀の仕方なんて、なかなか教えてもらえないよ。ちゃんと習っといて損はないから」

母はいつも前向きな考え方をする。せっかく通い始めたんだから、いいところをみつけなさい、と言いたいのだろう。

「だけど、礼儀作法を習おうと思って体験教室に行ったわけじゃないし、弓を引けないと行った甲斐《かい》ないよ」

「まだ初日じゃない。次にはやるんじゃないの？」

「だといいけど」

いつまでも説明ばかりだと、きっと飽きてしまうだろう、と楓は思った。

だが、次の時にもなかなか弓を引くことはできなかった。まず射法八節という、弓を引く時の一連の動作を習った。これは矢を射る動作を八つに分解したもので、それぞれ名前がついている。前田が実際に動きながら、その説明をした。

最初に足を開くことを足踏み、その状態で体勢を準備することを胴造り、指を弦に掛け、的の方を向くことを弓構《ゆがま》え、というように、ひとつひとつ説明された。

「これが弓道の矢を射るための法則です。これをすべてちゃんと行えば、おのずと射は的に中ります」

と、前田は説明した。だが、楓にはぴんと来ない。中る中らないは、結局、狙いと力の加減なんじゃないだろうか。テニスでも、フォームのきれいな人が必ずしも強いとは限らない。ジョコビッチのフォームよりもフェデラーの方が美しいけど、ジョコビッチが勝つことも多い。

弓道って、細かいところにこだわって、ごちゃごちゃめんどくさいなあ。

それから、弓の握り方を習った。手の内という名前がついているが、握り方というのがとても大事なのだそうだ。だが、何がそんなに大事なのかは、楓にはわからなかった。その後、弓を実際に持って、素引きをした。素引きは矢を持たずに、弓を左手で押し、右手で弦を引く練習だ。

素引きの後は、ゴム弓という道具を使った。ゴム弓というのは、弓の真ん中の手で握る部分だけ三〇センチほど切り取ったものに、弦の代わりに太いゴムがついた道具だ。ゴムが太いので、実際に弓を引く時のような負荷が掛かる。素引きは左右に引き分けるところまでだったが、ゴム弓では弦の代わりのゴムを離すところまで練習できる。ゴムを離すとぱあんという音がして、両腕に衝撃が伝わる。素引きよりも一歩弓道に近づいた気がした。

そして、二時間の練習の最後の三〇分頃になって、また弓と矢を持つことが許された。まずは基本の執弓の姿勢を練習。その後、矢を弦にはめる矢つがえという練習をして、それから最初に習った射法八節をやってみることになった。足を開いて、手を腰にやって、それから矢を弦にはめて……という一連の動作だ。実際にはまだ矢を放つことはできないので、打ち起こし、というところまでだったが。

指導者のやり方を見ているだけで楓は射法八節のやり方をだいたい身に付けたが、いっしょにやっているほかの人たちはなかなか覚えられないようだった。

「やっぱり若いから楓ちゃんや善美ちゃんは覚えが早いのね」

小菅に、そう褒められた。小菅は何度も同じところを間違えている。フランスから来たモローは見よう見まねでやっているが、細かい言葉のニュアンスが伝わらないせいか、矢の持ち方などを間違えて、指導者に何度も注意されていた。

年配の人たちと比べても仕方ない、と思いつつ、楓は自分がうまい方だとわかって、ほっとしていた。たとえ、六日だけの講習でも、自分がいちばん下手だというのは恥ずかしい。若いくせに上達が遅いとは思われたくない。なんでも、ほどほどにできる方がいい。

そうして、それだけでその日の練習は終わった。

今日も的に中《あ》てる練習までたどり着かなかったな。体験教室っていうからには、的に向かってばんばん弓を引かせてもらえるのか、と思っていたのに。

そんなことをぼんやり考えながら神社の境内を歩いていると、左手の樹の陰から出て来た人とぶつかりそうになった。

「あ、すみません」

相手は最初に弓道場で会った少年だった。今日は制服を着ていた。学校帰りなのだろうか。

「きみは、あの時の」

少年は楓のことを覚えていた。

「もしかして、道場から帰るところ？」

「そうです。今日で体験教室二回目」

「ほんとに参加してくれているんだ。嬉しいな」

少年の顔に笑みが広がる。キラキラした笑顔がまぶしい。

「体験教室、おもしろい？」

「うーん、まだ説明が中心で、あまり弓を引かせてもらえないから、ちょっと」

「弓道はまず型から入るからね。覚えることがいろいろあって最初はたいへんかも。だけど、それを越えたら、おもしろくなるよ」

「そうかな。そうだといいな」

　少年がおもしろいと思っているものを、同じように楽しめたらきっといいだろう、と楓は思う。

「だから、最後まで頑張ってね」

「あの、あなたはこれから練習なんですか？」

「うん。春休みの間はいつも朝から練習に来ているんだけど、体験教室のある日は邪魔にならないように、今頃の時間に着くようにしているんだ」

「じゃあ、毎日来てるんですか？」

「この春休み、学校の用事がない時は、だいたい来ているよ」

「それはすごい」

　義務でもないのに熱心に通うのは、よほど弓道が好きなのだろう。そんなに何かに夢中になれるってうらやましい。

「すごくないよ。部活で弓道やってる連中の方が、よほど練習していると思う」

「部活ではやらないんですか？」

「うちの高校、弓道部はないんだ。あれば入ったんだけど」

少年は残念そうに言う。そんなにも弓道がやりたいんだ、と楓は思う。

「あ、もう行かなくちゃ。じゃあ、また」

「さようなら」

楓はほっとした。ほとんど知らない相手、しかも男の子と話ができたのは、自分としては快挙だ。なんてことない会話だが、ちゃんと会話のキャッチボールはできていた。クラスの女友だちと話すのと同じくらい、続いたと思う。

やっぱり高校生になったから、少しは人見知りも克服できているのかな。

嬉しくなって、楓はスキップしながら歩いていた。体験教室も最後まで続けられそうな気がしてきた。

3

そして、三日目。

素引きやゴム弓など前日の復習をした後、前田が言った。

「じゃあ、実際に的の前に立って、弓を引いてみましょう」

みんな、わっと歓声を上げた。楓もようやく弓道らしいことができる、と嬉しくなった。

先輩たちが的を運んできて、射場から五メートルほどのところに置いた。ふつうの的の三倍くらいの大きさで、自立できるように両脇に支えがついている。

「あの的を狙ってみてください。射法八節を忘れないように」

楓は内心ちょっとがっかりした。

なんだ、ちゃんとした的じゃないんだ。こんなに近いんだったら、中らないわけないし。

しかし、それは大きな間違いだった。たった五メートルの距離なのに、狙い通りに矢は飛ばない。さらに、射法八節を守って引かなければならないので、頭が混乱する。

「そこで右手を腰にあてて」

「物見を忘れている」

「打起こし、左右の高さが同じになるように」

動作をしている横から、指導員に注意される。ちゃんとやらなきゃ、という気持ちが先走って、射を楽しむどころではない。弓を引くだけで精一杯だった。結局、矢は一本も的に中らなかった。

毎回一時間ほど練習すると、一〇分ほど休憩時間が入る。その時間は指導者も交えてお茶をするのだ。ざっくばらんな雑談タイムなので、習ったことについての疑問をぶつけたり、指導者の弓道体験を聞いたりした。おとなの人たちが会話の中心になるので、楓はただ聞いているだけでよかった。意見など求められない方が気楽だった。

この日は小菅がうちで焼いたというパウンドケーキを持ってきて、みんなにふるまった。

「いただきます」

「わっ、おいしい」

みんな口々に小菅のケーキを褒めた。小菅は笑顔で賛辞を受け止めている。

「嬉しいわ。うちじゃ、ケーキを作っても喜ばれないので」

「えっ、こんなにおいしいのに?」

思わず楓の口からそんな言葉が出てきた。楓の母は働いて忙しいので、お菓子を手作りする時間はない。もし、母がケーキを作ってくれたら、自分も大翔も大喜びで食べるだろう。

「まあ、褒めてくれてありがとう」

小菅は、温かいまなざしを楓に向けた。

「子どもは大きくなって独立してるし、夫は甘いものが嫌いなんですよ。だから、お菓子を焼くのは本当に久しぶり。まあ、いままではお菓子を焼く時間もなかったですけどね」

「時間がないって、どうして？」

小菅は専業主婦だと言っていた。子どもはとっくに大きくなっているだろうし、働いていないなら、時間はあるはずだ。

「子どもが小さい頃は子育てで手一杯だったし、それが終わると、親の介護とかいろいろあってね。義父義母の後、実家の母と順番に倒れたんで、一二年も介護生活だったのよ。だけど、親も亡《な》くなったし、子どもは独立したんで、これからは好きに時間が使える。それで、前からやりたかった弓道をやることにしたの」

にこにこ笑いながら言うので、小菅がそんなに苦労したようには見えない。だけど、一二年も介護が続いたのだったら、すごく大変だっただろう。旅行にもろくに行けなかったんじゃないだろうか、と楓は思った。

ふと、父方の祖母のことを思い出した。父方の祖母は東京に住んでいるが、ずっと祖父の介護をしていた。その当時は父も名古屋に住んでいたので、手伝うことができなかった。施設に入れたら、というみんなの勧めを断り、昨年祖父が亡くなるまで自宅で祖母は介護を続けていた。

おばあちゃんもたいへんだっただろうな。施設の方が楽なのに、なんでおばあちゃんはひとりで面倒みていたのだろう。

「その気持ち、わかります。うちは子どもが幼稚園に入ったので、ようやく好きなことができると思ったんです。それで、何かやりたいと思って、ママ友の田辺さんを誘って参加したんです。ね？」

三橋の言葉に、田辺もうなずく。やはりふたりはもとからの知り合いだったんだ、と楓は思う。

「モローさんはなぜ参加されたのですか？」

前田が部屋の隅の方で、体育座りをしているモローに尋ねた。

「アニメ観て、カッコいいと思いました。それで、弓、自分でも触りたい、と思った」

「フランスにも弓はあるんでしょう？」

「弓はある。だけど、もっと小さいです」

「そうね。日本の弓は世界的にみても珍しい、大きな弓ですからね」

「日本の弓、大きい。こんなに大きいのは珍しいです」

そうなんだ、と楓は思う。弓の大きさなんて、考えたこともなかった。

「武器として使うだけだったら、もっと小さい方が持ち運びしやすいし、射るのも楽でしょう？　だけど、日本の弓は尊崇《そんすう》の対象とされてきましたからね」

「ソンスウ？」

モローが前田に聞き返した。楓も意味はよくわからない。

「尊いものとして崇《あが》めること」

モローがまだわからない、という顔をしているので、前田は言いなおした。

「素晴らしいもの、ありがたいものとして大事にすることよ。弓は神聖なもの、それ自体が信仰の対象でもあったの。神事の時に弦を鳴らす儀式があったり、弓そのものを飾って祭ったりしたのよ」

神社の中に弓道場があるのは、そんな風に昔から神事と結びつきがあったからなのだろうか。やっぱり弓道みたいに歴史のあるものは、ふつうのスポーツとはちょっと違うんだな、と楓は思った。

「それに、流鏑馬《やぶさめ》ってあるでしょう？」

「ヤブサメ？」

「走っている馬に乗りながら弓を引いて、的に中てるもの。テレビで観たことない？」

「はい、ニュースでやっていた。観ました」

「流鏑馬は神社でのお祭りの中で、天下泰平や五穀豊穣《ごこくほうじょう》、つまり平和な世の中や農作物の実りが豊かであることを祈って、折々に奉納されたそうよ。弓を射るという行為は、それだけ神聖なものだと思われていたのね」

「ホウノウってどういうことですか？」

モローさんが質問してくれてよかった、と楓は内心思う。言葉は聞いたことがあるが、楓も正確な意味を知らない。

「神さまや仏さまに喜んでいただくためにお供えをする、ってこと」

「オソナエ？」

「神さまにどうぞ受け取ってください、とお渡しすることよ。お酒やお米やお菓子をお供えすることもあるし、神楽や能やお神輿《みこし》などの行為を捧《ささ》げることもある。相撲や流鏑馬も、そうした奉納のひとつなのよ」

「お相撲も？」

「そう。だから、大相撲にも本場所前に神事を行ったり、土俵入りの時に力士が柏手《かしわで》を打ったり、いろんなところに神道《しんとう》との関わりがみられるでしょ」

「ああ、そうなんですね」

知らなかった、と楓も思った。テレビでたまに見かけるお相撲も、着物を着た人がジャッジをしているし、伝統を大事にする競技だとは思っていたけど。

「弓道も、そうした神事と無関係ではないわ。日本の弓の形はシンプルで美しいでしょ。その美しさが人々に尊崇の念をもたらしたのかもしれないわね」

「その考え、おもしろい。やっぱり、弓道、特別……じゃない、ドクトクですね」

弓は確かにきれいだが、矢を射るための道具だ、と楓は思う。それに神聖な力を見《み》出《いだ》した昔の日本人の感性は確かに独特だ。八百万《やおよろず》の神といって、いたるところに神さまがいると昔の日本人は思っていたそうだから、そのひとつの表れだろうか。

「モローさん、大学で勉強してるんですね。どの大学で何を勉強されているんですか？」

「T大学です。情報科学科というところにいます」

へえ、T大？　という声があちこちで聞こえた。ひょうきんなモローが、意外とインテリなんだ、という驚きのようだ。

それにまだ学生だということに楓は驚いていた。三〇歳より上だと思っていたのだ。外国の人の年は見掛けではわからない。

「情報科学？　最先端の研究ですね」

なんか難しそうな学科だ、と思った。コンピュータの研究でもやっているのだろうか。

「はい、主にコンピュータグラフィクスの研究をしています」

コンピュータグラフィクス？　だったら、日本よりアメリカの方が進んでいるんじゃないだろうか、と思ったが、それを確かめる前に前田がみんなに声を掛けた。

「さあ、もうそろそろ休憩時間も終わりよ。練習に戻りましょう」

そう言われて、みんな脱いでいたカケを慌てて着装する。楓も棚に置いていたカケを取りに行き、急いで着け始めた。

日本人だから日本のことは知ってると思ったけど、案外知らないことも多いんだな。

弓道や相撲が神さまに関係してるなんて知らなかった。学校でも教わらないし。

こういうことがわかるって、おもしろいな。

その後も的前での練習が続いた。何度も繰り返したので、みな射法八節のやり方に慣れてきた。モローも細かい部分は理解できていないようだが、それなりに形になっている。楓も少し調子が出てきた、というところでその日は終わった。

4

四日目。

この日も、的前の練習をした。今度は射場から一〇メートルほどのところに的が置かれている。相変わらず練習用の大きな的だ。

だけど、どうして中らないんだろう。そんなに遠くはないのに。

矢は地面を擦ったり、全然違う方向へと飛んでいく。

モローや小菅たちも同じような感じだったが、善美だけは何度か的に中っている。同じ高校生なのに、差をつけられたようで楓は面白くない。

的も大きいし、まぐれでもいいから中ってほしい。

ぼんやり考えながら弓を引いた瞬間、パチン、ガタンと大きな音がして、楓の手の中の弓が大きく跳ねた。手の甲に痛みを感じたと同時に、弓が手から零《こぼ》れ落《お》ちた。

「キャー」

誰かの悲鳴が耳を打つ。なにが起こったからわからず、楓が呆然《ぼうぜん》としていると、

「カエデ、大丈夫ですか？」「楓ちゃん、怪我《けが》は？」

後ろにいたモローや小菅が近寄って来た。指導者たちもわらわらと集まってくる。

ほかの人たちも動作を止めて楓の方を注目している。

「あなた、大丈夫？　怪我はない？　矢はどこに？」

前田が緊迫した声で聞く。久住が右手の方を指差した。

「あそこ、藪《やぶ》のところに」

右手の生け垣の上部に、矢が斜めに突き刺さっていた。

その光景がなんとなくユーモラスに感じられて、楓は思わずふっと笑った。

「笑い事じゃないわ」

前田がぴしりと言う。

「誰もいなくてよかった。一歩間違えれば事故になっていた」

「事故？」

「弓はもともと人を殺す武器ですからね。あたったら、ただじゃすまない」

人を殺す武器。

その言葉がずしん、と楓の胸に響いた。

スポーツとか神事とか言われていても、弓はほんとうは人を殺すための道具だったんだ。刀と同じ、戦いで使われる道具だったんだ。

楓の想《おも》いを感じ取ったのか、前田が声を和らげる。

「だからこそ、弓道は礼節を重んじ、何より安全を大事に考えているの」

久住が射場から降りて、落ちていた弓を拾い、藪に突き刺さった矢を回収した。前田が弓を受け取って、弦を観察する。弦は上から一〇センチくらいのところでぷつんと切れていた。

「ごめんなさいね。この弦はずいぶん傷んでいたのね。点検したはずなのに見逃していたわ」

前田はつぶやくように言うと、楓の方を向いて尋ねた。

「ところで、あなたに怪我はなかった？」

「いえ、ちょっと手を打っただけです」

おそらく弦が切れた時、その先が手の甲にあたったのだろう。みみずばれのような赤い痕が甲に残っている。

「ほんとうにすみません。体験教室の前に古い弦は替えたのだけど、これだけ見逃されていたのね。奥で薬をつけましょう」

「いえ、大丈夫です。こんなの、ほっといてもすぐ治りますから」

「薬は塗った方がいいわ。治りも早くなるでしょうし。……皆さんは、練習を続けてください。久住さん、弦を張り直してね」

「わかりました」

みんなは練習を再開した。弓がなくて手持ち無沙汰な楓は、前田とともに和室に戻った。

「ちょっと待ってくださいね。薬を出しますから」

前田は棚の上にあった薬箱を出し、中を開けて薬を探している。

楓はぼんやりみんなの動作をみつめていた。

いまの的は動かない、木と紙でできたものだけど、ほんとうは人とか動物が的だったんだ。生きて動くものを、動けなくするための手段。

その精度を上げるために、昔の人は練習していたのだ。戦場では悠長に構えてはいられないから、もっとスピーディにばんばん射《う》ち込んでいたんだろうな。

それがいまでは娯楽のためのスポーツになっている。型を守って、ひとつひとつ優雅に弓を射る。なんだか不思議だな。

「あったわ。ちょっと手を出してくださる？」

差し出した手の指を軽く握って、前田がゆっくりと楓の甲に薬を塗った。節の太い、水気のない前田の手をみながら、楓は名古屋の祖母の手に似てるな、と思っていた。

次の練習日はもう説明の時間はほとんどなかった。矢を持たないで弓を引く素引きをして、ゴム弓で弓を引く練習をして、それから的を射る練習になった。前日より距離が延びて、二〇メートルのところに的が置かれている。

「なんか、急に的が遠くなった気がするね」

三橋が楓にささやく。楓もうなずく。一〇メートルでもちゃんと中らなかったのに、その倍の距離では中る気がしない。だが、まがりなりにも的に向かって弓を引くというのは、ちゃんと弓道をしている気がする。

きっと真ん中に中ったら、すごく楽しいだろう。

自分の番がきて、射法八節を思い浮かべながら弓を引く。

矢は的の上の方へと飛んでいったが、それでも的を狙って射るのは楽しい。素引きやゴム弓と違って、ちゃんと弓道をやっているという気がする。

「引いた時、左手が上がりすぎてるわ。左右を均等に引き分けなければ」

楓が引くのを見た指導者の久住に注意された。

うーん、自分ではちゃんと引けているつもりなのに難しい。

その時、スタッと音がした。善美の放った矢が真ん中に中ったのだ。

「いいわね。すごくうまく引けてるわ」

前田が褒めている。善美はシャイなのか、当然のことと思っているからなのか、表情を変えない。

「真田さん、すごいね」

自分の番が終わって、待機の列に戻ってきた時、楓が声を掛けた。しかし、善美は「ありがとう」とそっけなく返事した。

真田さんって、つきあいづらい。

楓は内心思う。同じ年なのでちょっとは仲よくなれるかと思ったのに、全然距離が縮まらない。休憩時間、みんなが和気あいあいと会話している時でも、ひとりだけ端の方に座って、黙ってお茶を飲んでいる。いまもすぐ横に立っているのに、自分に話しかけるな、という無言の圧を感じさせる。

私にだけうちとけないなら気になるけど、みんなと仲よくないんだから、きっとプライベートでは関わり合いを持ちたくない、と思っているんだろうな。

まあ、いいや。どうせ体験教室の間だけだし。本人にその気がないなら、無理に仲よくなろうとすることもない。真田さんのことを気にするのはやめよう。あと一回のことだ、このままやりすごそう。

楓はカケの紐が緩んでいるのに気がついた。それを締め直そうとしたが、うまく紐が巻けずに、何度もやり直した。


その日の帰りのことだった。道場を出て本殿の脇道を歩いていると、その先に善美がいるのが見えた。誰かと話しているようだ。建物の陰になっているので相手は見えないが、珍しく善美が怒ったような顔をしていた。

「だから、そんなに気にしなくて大丈夫だって。イツヤは心配性なんだから」

いつもはお人形さんのように無表情な善美が、いらだった声を出している。イツヤと呼び捨てにするくらいだから、よほど親しい相手なのだろうか。

楓は好奇心に駆られて、道を進んで行った。どちらにしても一本道だし、わざわざ避ける必要もない。

「だって、善美は無鉄砲だし。心配しないわけにはいかないよ」

男性の声だ。相手の方も、善美と呼び捨てだ。善美とつきあっている相手なのだろうか。

そうして本殿の端まで来ると、視界が開け、相手の顔が見えた。思わず「あ」と声が出た。相手は、楓を弓道会に誘ったあの少年だった。

ふいに現れた楓を見て、ふたりも黙り込んだ。なんとなく気まずい空気が流れている。

「こんにちは」

楓はその空気に気づかないふりをして、明るく声を掛けた。

「こんにちは」

少年も愛想《あいそ》よく返事したが、善美は黙ったまま軽く頭を下げた。

少年は「あの」と、何か言いかけたが、善美の方が頭を振ってそれを制したので、少年もそれ以上何も言わなかった。

「お先に失礼しまーす」

いたたまれない気持ちになって、道場を後にする時に先輩方が言う決まり文句を口にすると、楓は足早に通り過ぎた。背中にふたりの視線を感じている。

そして、境内を出て、ふたりの姿が見えなくなると、楓はほっと溜め息を吐いた。

なんか変な雰囲気だった。

あのふたり、つきあってるのかな？

美男美女の、絵に描いたようなふたりだ。そして、距離の近さ故の感情の衝突のようなものがあった。痴話喧嘩《ちわげんか》、という言葉がしっくりくる感じだった。

もしかして、彼が弓道をやっているから、彼女も後を追って弓道会に参加したのかな。彼が好きなものを自分もわかちあいたい、と思ったのかな。

だとしたら、真田さん、ほんとうに彼のことが好きなんだ。

そう考えると、なぜか妙に気疲れを覚えた。

クールな美少女と思っていた善美の激しい感情に触れた気がした。それに、漠然とあこがれていた少年の、リアルな交遊関係を知って、なんだかがっかりした気持ちになった。

何より弓道というストイックな場に、生々しいものを持ち込まれた気がして嫌だった。

でも、関係ない、そんなこと。

私は私だし、ふたりがどうあろうと知ったことじゃない。

ひとのこと、詮索するのはやめよう。

楓は頭を振っていま見た光景を忘れようとしたが、うまくいかなかった。イツヤと呼ばれた少年の気まずそうな顔が目に焼きついて、いつまでも離れない。

それまで感じていた弓道の楽しさが目減りした気がして、楓は八つ当たりするように、足下の石ころを蹴飛ばした。

そうして、六回の体験教室はあっという間に終わった。結局、二八メートル先の、的に向かって矢を射ることができたのは、体験教室最終日の一日だけだった。そこに至るまでに型を習い、大きな的に至近距離で射ることからはじめて、少しずつ的までの距離を遠ざけていく。

やっている間はずいぶん面倒なことをする、と楓は思ったが、そうするだけの理由があることはわかってきた。最初はなかなかまっすぐに矢は飛ばない。わずか一〇メートルでも矢が届かず、その前に地面に落ちてしまうこともある。あるいは、とんでもなく上の方に行ってしまうこともある。素人《しろうと》では矢をコントロールするのは難しい。弓は武器だ。万が一にも事故を起こしてはいけない。慎重すぎるほど慎重になる理由も、いまなら納得できた。

最終日の最後、体験者ひとりずつ順番に矢を射たのだが、みんなほとんど中らなかった。楓の矢は的の直前で地面に落ちたが、跳ね返って的の下の方に中った。

「惜しい、あれがバウンドしてなければね」

三橋が笑いながら楓に話しかける。楓もちょっと笑った。すると、

「こら、最後までしっかりやる」

と、前田に叱られた。ほかの体験者も似たりよったりだったが、善美だけは違った。前日に二〇メートル先の的に的中させていた善美は、距離が二八メートルに延びても、みごとに中ててみせた。

「わ、すごい。さすが若いと上達も早いね」

誰かがそう感嘆する。同じ年なのに、あまり上達しなかった楓は、ちょっと肩身が狭い。だが、当の善美は中っても、少しも嬉しそうな顔をしない。

結局、真田さんとは仲よくなれなかった。

ほかの体験者とは、それなりにうまくやれた、と楓は思う。人見知りな自分が、世代の違う人たちとうまくやれるかと最初は不安だったが、みんな若い楓には親切だった。これでお別れかと思うと、ちょっと残念な気もした。

そして、真剣に弓に集中するのは、結構楽しいと思った。まだ中らないなりに、少しずつ進歩しているのは嬉しい。ちゃんと中ることができるくらいまで上達したら、もっと楽しいだろうな、とも思う。だけど、部活が始まったら弓道は無理だ。また、長期のお休みにでも体験できるといいのだけど。

最後に終了式があった。初日と同じように会長が整列しているみんなの前に出て、挨拶をした。

「ともかく大きな怪我も事故もなく、無事に終わってよかったです。体験生の皆さん、ご指導にあたった方々、お疲れ様でした。体験された皆さんには、実際に弓や矢に触れて、弓道の楽しさの一端を少しはご理解いただけたのでは、と思います。体験教室はこれで終わりですが、できればこの後も弓道を続け、我々の仲間になってくださるとたいへんうれしいです」

その後、前田から弓道会への入会についての説明があった。

「弓道会は弓道をやりたい人の集まりです。段を取得された方は、朝の六時から夜の九時までの間、いつでもこの道場で練習することができます。皆さんはまだ段を持っていないので、当面は指導者がついて、皆さんが段を取得できるまでサポートいたします。月会費は一〇〇〇円、学生はその半額の五〇〇円です。どうぞ、この後も引き続きご参加ください」

それを聞いて楓は、体験教室の目的が新規会員を増やすためのものだったことに、いまさら気がついた。

私みたいに冷やかしで参加するのはよくなかったかな。

春休みの暇つぶしだけで、それ以降続けるつもりは最初からなかったんだけど。ほかの体験者はそういうことだと知っていたのか、そのまま入会名簿に名前を書いている。

「楓ちゃんは参加しないの？」

小菅が意外、という顔で尋ねてきた。モローも、

「いっしょに弓道頑張りましょう」

と、言ってくれる。モローはちゃんと入会したようだ。

「うーん、高校に入ってみないと予定が立たないから、いまはちょっと」

「そっか、高校生だもんね」

小菅は納得したようだったが、モローはまだ未練があるようだった。

「もし高校に入ってヒマだったら、戻ってきてください」

結局、体験教室を経て入会したのは五人。楓以外は全員、善美も入会の名簿にサインをした。入会しないのは楓だけだった。

「あら、矢口さんは入会されないのね」

前田が残念そうに言う。

「あの、四月から高校入学なので、まだスケジュールとか決まってないし、都合がつ

くかどうかわからないので、その……」

もごもごと楓は言い訳する。せっかく面倒みたのに、期待を裏切った、と思われていないだろうか。だが、前田の声は優しかった。

「すぐじゃなくてもかまわないので、もし都合がつくようになったら言ってくださいね。体験教室に参加された方は、いつからでも入会できますから」

楓はつられて「はい」と返事をしたが、きっとそういうことはないだろう、と内心思っていた。

高校入学前の暇つぶし、と思っていたけど、弓道は案外楽しかった。日本の伝統にちょっと触れた気がして嬉しかった。いろんな人と話もできたし。

だけど、四月からは高校生だ。私が本来、頑張らなきゃいけないのは、そっちの生活だ。

春休みの経験はいい思い出として、新しい高校生活、頑張ろう。

そうして、いろんな想いを振り切るように、弓道場を後にした。

5

「今年の入学式は、桜の見ごろと重なってよかったわね」

一張羅のスーツに身を包んだ母が、うきうきした顔で桜の花を見上げている。最寄り駅から学校へと向かう道は桜並木が続いており、いままさに見頃だった。

「毎年そうじゃないの？」

桜といえば卒業ソングの定番だけど、卒業の季節にはまだ桜は咲いていない。花見は四月初めにやるものだ、と楓は思う。

「そうでもないのよ。暖冬だと開花も早くなるしね。去年の大翔の中学の入学式は、桜はもう散っていたわ」

「ふうん」

気のない返事をしたが、やっぱり桜はいいと楓は思った。あたりの景色が華やいで見える。自分たち新入生を祝福しているようだ。

楓たちのほかにも、同じ道を通って入学式に向かう親子連れが何組もいる。子どもの方は糊《のり》のきいた真新しい制服に身を包み、親の方も着物やスーツで着飾っているから、それだとすぐにわかる。子どもたちの方は、一様に緊張した顔をしている。

この人たち、みんな私の同級生なんだ。

友だちになれる人はいるかな。

楽しみのような、怖気《おじけ》づくような気持ちが交錯する。

よい友人ができて、楽しい高校生活になりますように。

祈るような気持ちを抱いて、都立武蔵野西高等学校という銘板《めいばん》の掲げられた正門の中へと入って行った。

体育館の前に、クラス分けを書いた紙が張り出されていた。楓は一年二組だ。ほかの人の名前を確認するまでもなく、全員が初対面だ。中学は名古屋だったから、知っている人がいるわけはない。

体育館に入ると、パイプ椅子が並べられており、生徒はクラス別に座るようにと指示された。それから校長先生の式辞に始まり、ＰＴＡ会長の祝辞、先輩の歓迎のことばと、型通りの堅苦しい時間が続く。入学式が終わると、生徒は教室へ向かうようにとアナウンスがあった。

ようやく身体を動かせることにほっとしながら、楓は立ち上がった。椅子の下に置いた荷物を取ろうと振り向いた時、楓はハッとした。数メートル先に見知った顔が通り過ぎたのだ。思わず、その姿を追いかけようとした時、

「あなたも、二組の人？」

と、後ろから話し掛けられた。振り向くと、感じのよい笑みを浮かべたショートカ

ットの少女が立っていた。

「はい、そうです」

「あの、私も二組なんです。いっしょに教室に行きませんか」

「ええ、もちろん」

楓はほっとしながら答えた。こんな風に話し掛けてくれるというのは、自分と仲よくしてもいい、と思ってくれているのだろう。

「私、豊島玲奈《とよしまれな》っていいます」

「私は矢口楓です」

「どこの中学出身？　私、○×中」

「私、名古屋から引っ越してきたんです」

名古屋訛《なま》りが出ていないだろうか。楓はちょっと心配だった。東京とはイントネーションが違う言葉もあるらしい。だが、相手は気にしていないようだ。

「へえ、名古屋なの。うちの叔父がいま、名古屋にいるよ」

共通する話題をみつけたからなのか、玲奈の口調がうちとけたものになった。

「えー、どの辺？」

「確か、南区とか言ってたけど」

玲奈と話しながら、生徒の流れに乗ってゆっくりと廊下を歩いて行く。楓が見掛けた知人、弓道会で一緒だった真田善美の姿は、大勢の人の間に紛れて見えなくなっていた。

入学式の当日に、楓は玲奈のほかに三木花音《みきかのん》と神田汐里《かんだしおり》という友人ができた。たまたま教室で近くに座り、なんとなく雑談して、それぞれ気が合いそうだとわかった。その翌日も四人で休み時間を過ごし、お弁当も一緒に食べた。そして、そのままグループとして定着した。クラスの中に友人を作るというのは、高校生活を楽しく過ごすうえでの大事なミッションだ。それをまずクリアできて、楓は安堵《あんど》していた。

人見知りの自分に、こんなに早く友だちができるなんて、思わなかった。

これも、最初に玲奈が話し掛けてくれたおかげだ。ありがたいな。

「ねえ、部活どこに入るか決めた？」

玲奈がみんなに尋ねる。玲奈は物おじしない明るい性格だ。四人グループの中でも話題を振ったり、みんなに行動を促したり、すでにリーダー的な役割をし始めている。

「私、テニス部に入るつもり」

楓は即答する。高校生活ふたつめのミッションは部活を始めること。高校生になったら、硬式テニス部に入る。これはずっと前から決めていたことだった。

テニスが好き、ということもあるが、中学の最後の試合でうまくやれなかった。不完全燃焼で終わっているから、高校で雪辱したいのだ。そうでないと、いつまでも悪い思い出を引きずる気がする。

「えっ、ほんと？　私もテニス部かバスケ部か、どっちにしようか迷ってたんだ」

玲奈は嬉しそうだ。

「じゃあ、一緒にテニス部に入ろうよ。この学校、結構テニス強いらしいし」

楓は入学前に都立の学校についていろいろ調べてみた。家からの近さや偏差値、制服といった必須要件のほか、硬式テニス部があって活発に活動している、というのも学校を選ぶのに大事な条件だった。

「いいね。一緒のクラブだと楽しそうだね」

「あー、だったら私もテニス部にしようかな。どっか運動部に入りたいと思っていたし」

花音も同意する。花音はおおらかでこだわりが少なく、みんながいいなら、それで、というタイプだ。

「いいね、みんなで入ろうよ。汐里はどうする？」

玲奈が尋ねると、汐里はちょっと首を傾《かし》げた。

「うーん、私、運動部はちょっと。できれば文芸部に入りたいんだ」

汐里は肩甲骨《けんこうこつ》あたりまであるまっすぐな黒髪に黒縁の眼鏡。図書館が似合いそうな物静かな少女だ。その大人びた雰囲気が楓は好きだった。

「じゃあ、三人で入部の申し込みしよう」

玲奈がそう音頭《おんど》を取り、さっそくその日の午後、テニス部に入部申し込みに行った。同じように申し込みをする新入生は多く、その年は女子だけで三〇人以上の入部希望者がいた。前の年にこの学校の先輩が都の大会で好成績を残した、ということが影響しているらしい。あきらかに多すぎる人数だが、その全員が入部を許可された。

そして、初日から新入生はしごかれた。ランニング、腕立て伏せ、腹筋など、基礎体力をつける運動ばかり延々やらされた。受験でなまった身体にこれは応える。

「今日はこれでおしまい」

と、言われた後、楓はグラウンドにへたり込んでしまった。ほかの一年生たちも地面に手をついたり、座り込んだりしている。

「きつかったねー」

花音は足をさすっている。非常階段の上り下りをさせられたから、ふくらはぎが張っているのだ。玲奈も同じようにふくらはぎを右手で押しながらぼやく。

「新入生多いから、きつい練習をしてふるいにかけるつもりじゃないかな」

「かもね。当分基礎練習だって先輩が言ってたし、やめたいならさっさとやめなさいってことなのかもね」

花音も楓も同じように思っている。先輩たちは新しい部員を歓迎するというより、ふるい落とす方が大事という感じだ。当分はラケットを持たせることもなく、基礎トレーニングに徹して、脱落者を待つつもりなのだろう。

「でもまあ、入部したからには、生き残らなくちゃね」

玲奈の言葉に、楓と花音もうなずいた。

「この時期が過ぎれば、もうちょっと楽になるだろうし」

「みんなで頑張ろう」

だが、その決意は一週間もたなかった。

その日、花音は朝から体調が悪そうだった。少しおなかが痛いと言う。

「あれなの。私、重くって」

全部言わなくてもわかる。生理痛のことだ。

「つらそうだよ。部活休んだ方がいいんじゃない？」

「そうしたいけど、一時間目の体育の授業には出たから、休むとなんか言われそう。それに、さっき薬飲んだから、そろそろ効いてくると思うし」

「無理しないでね」

花音を案じながら、三人はゆっくり部室へ向かった。

その日、いつものようにテニスコートの脇に集合すると、練習が始まった。準備運動の後、学校のまわりをランニングで五周する、という。

「五周もですか？」

一年生の部員たちから、不満そうな声があがる。ここは古い学校なので敷地も広い。おまけに少し勾配もある。走る前からきつい時間になることは予想できた。

「テニスは体力勝負。いつもは一〇周するけど、今日は初めてだから五周で勘弁してあげるのよ。ぶつぶつ言ってないで正門のところに集合！　急いで！」

仕方なく一年生たちは小走りで移動を始めた。

「花音、大丈夫？」

楓が聞くと、花音はうなずいた。

「薬が効いてきたみたい。だいぶ調子よくなった」

「そう。だったら、いいけど」

「無理しないでね」

ゆっくり歩いている三人を見て、先輩が声を荒らげた。

「そこ、しゃべってないで、さっさと移動する！」

「はい！」

仕方なく三人も小走りになった。正門まで行くと、一年生全員と上級生が五、六人待っていた。

「じゃあ、これから学校の周囲を走ります。歩道なので、横並びにならないように。歩行者が来たら、道路に近い方の端に移動するように」

注意事項をいくつか説明されると、号令が掛かって、約三〇人の一年生は一斉に走り出した。ランニングルートのそこここに、上級生が立って見張っている。楓たち三人もみんなと一緒に走り出す。しかし、花音はつらそうで、ペースを上げられない。すぐに一年生の一団から遅れ始めた。

「大丈夫？」

玲奈と楓は花音の横についた。花音の顔色が悪い。しゃべるのもおっくうなのか、ふたりにただうなずいてみせた。

「花音のペースでいいから、ゆっくり行こう」

そうして、三人は固まって走り出す。ほかの一年生たちとはどんどん離されていく。

そして、とうとう二週目の途中で力が尽きたのか、花音はその場に座り込んでしまった。

「ごめん。……私、ちょっと休まないとダメみたい。ふたりは先に行って」

「私たちのことはいいよ。それより、花音の方が心配。保健室に行った方がよくない？」

「そこ、何してるの？」

玲奈がそう話し掛けていると、角のところに立っていた二年生が走って来た。

とがった声を三人に投げつける。

「三木さん、おなかが痛くてこれ以上、動けないみたいなんです」

「保健室に連れて行ってもいいですか？」

玲奈と楓が口々に訴える。すると、先輩は疑わしそうに花音を見る。

「ほんとに痛いの？　仮病じゃないの？」

これには花音よりも玲奈の方がカチンときて、強い口調で反論した。

「そんなこと、するわけないじゃないですか！　見てください、三木さんの顔。これがズルしている人の顔に見えますか？」

花音の顔は土気色をして、汗が滝のように流れている。しかし、先輩は冷たく言い放った。

「時々いるのよ、ランニングが嫌で、サボろうとする人たちが」

先輩の言葉はひどい、と楓は思った。花音を案じる気持ちがちっとも感じられない。

「三木さんは違います。ほんとに体調悪いんですから。ねえ、大丈夫？」

玲奈の問いかけに、花音は弱々しくうなずく。

「つらそうだから、保健室に連れて行きます」

玲奈はそう宣言すると、花音に腕を貸して、ゆっくり立たせた。

「大丈夫、肩につかまる？」

楓もそう声を掛けて、花音の左腕を自分の肩に載せた。玲奈は右側から花音を支える。そうして両脇から花音を支えながら歩き出そうとすると、先輩がそれを止めた。

「待って。その子の面倒は私がみるから、あなたたちはランニングに戻って」

「でも……」

玲奈も楓も花音のことが心配だ。保健室までついていって、様子を確認したい。それに、この冷たそうな先輩が、ちゃんと花音に配慮してくれるだろうか。

ふたりが動けずにいると、先輩は楓の肩に載っていた花音の左腕を、引きはがすようにして取り払った。そしてその左腕を自分の肩に載せた。そして、反対の手を使って玲奈の腕を花音から乱暴に外す。花音は先輩の肩に抱き取られた。

「さあ、早くランニングに戻って」

しっしっと犬を追い払うように手を振られた。仕方なくふたりは何度も振り返りながら、ランニングの列へと戻って行った。


その翌朝、学校に着くと、玲奈と花音が深刻そうな顔で何事か話している。

「おはよう」

昨日のことかな、と楓は思ったが、気にしないふりをして明るく挨拶する。

「おはよう」

ふたりは硬い声で返事を返す。そして、鞄《かばん》から教科書を出している楓のところに近づいて来た。

「私たち、テニス部やめることにした」

いきなりの決意表明だ。楓は持っていた教科書を取り落としそうになった。

「えっ、ほんとに？」

「きついし、楽しくないし、先輩たちは冷たいし」

でも、続けていけばきっと楽しくなるはず。先輩だっていい人もいるだろうし、と楓は言いたかったが、真顔のふたりを見ると言い出せなかった。

「わかる。昨日はちょっとひどかったよね」

ふたりの言葉に調子を合わせる。

「でしょ。私の体質が変わらない限り、毎月先輩に嫌なこと言われなきゃいけないか、と思ったら、うんざりする」

「だよねー。後輩に対して冷たすぎる」

「やってることはつまらないし、続けていく意味がわかんない」

「高校生活は短いもん。どうせなら、もっと楽しいクラブの方がいい。クラブはテニス部だけじゃないし」

憤《いきどお》っているふたりを前にすると、反論なんてとてもできない。反論して、嫌われるのが怖い。だから、同意するしかない。

「うん、うん、そうだよね」

すると、玲奈がにこっと笑った。

「やっぱり楓も同じだね。これから私たち、退部届を出しに行く。楓もいっしょに行こう」

私はもうちょっと頑張ってみる、とは言い出せなかった。

そうして、流されるままに楓もテニス部をやめることになった。

後から楓はそのことをひどく後悔した。こんなに早くやめるつもりはなかったのに。

弟の大翔には「姉ちゃんは優柔不断だな」と馬鹿にされるし、母には「いまからでもテニス部に復帰したら？　硬式テニス、やりたかったんでしょう？」と諭される。

だけど、玲奈と花音にあんなふうに言われたら、自分だけ残るとはとても言えなかった。そうしたら、ふたりが気を悪くするだろう。正義感の強い玲奈は、先輩の態度をいまでも怒っており「あんな先輩たちのいるクラブなんて、こっちから願い下げ。やめて大正解」と言っている。後から知ったが、この高校のテニス部は昔ながらの体育会系の体質で、先輩後輩の関係が厳しく、人間関係もぎくしゃくしているという。

そういうクラブにさっさと見切りをつけたのは、悪いことではなかったかもしれない。

だけど、高校に入ったらテニス部に入部する、とずっと思っていたので、楓は入学早々気が抜けてしまった。玲奈と花音はすぐにバスケットボール部に入部した。こちらは新入生の部員が少ないので、大いに歓迎されたそうだ。先輩もみな優しい人たちだという。

「楓も、バスケ部に入りなよ」

玲奈に勧められたが、楓はその気にはなれなかった。バスケはそんなに得意ではなかったし、なにより玲奈と花音の仲がよすぎて、なんとなく自分だけ浮いてしまいそうな気がしたのだ。もちろんクラスでは同じグループだし、ふたりとも楓に対しては親密な態度でいてくれる。だが、部活ではふたり一組になることがよくある。準備体操の時とか、パスの練習をするとか。三人だと、必ず誰かがはみ出ることになる。自分も同じクラブに入ると、そういう時にどうするか、毎回気遣いし続けることになる。テニス部で数日練習したことで、楓はそれに気がついた。

できればふたりと違う部活の方が、変に気遣いしなくていい。

クラスでの良好な関係を保つなら、そっちの方がいいだろう。クラスでなら汐里を交えて四人組だし、玲奈や花音よりも自分は汐里の方が気が合うし。

しかし、ほかに入りたい運動部はない。弓道部があればそれもいいと思ったが、あいにく弓道部はなかった。汐里の入部した文芸部をのぞいてみたが、それほど読書家ではないし、何かを創作したいわけでもない自分には、向いていない気がした。

どうしようかな、と迷っているうちに、どこにも所属を決められないまま、ひと月が経《た》ってしまった。このまま帰宅部で落ち着きそうだった。

6

そんなある日、部活に行く三人と別れて、楓はぼんやり一階の廊下を歩いていた。

放課後の学校は、あちこちから音が聞こえてくる。女性ばかりの合唱部のコーラス、軽音部が奏《かな》でるへたくそなエレキギターの音、ランニングする陸上部の掛け声、カキンという乾いたノックの音は野球部、サッカー部はしきりに檄《げき》を飛ばしている。体育館の隅で聞こえる発声練習は演劇部だ。それを縫うように、ダンス部が練習に使うJ－POPの曲も響いてくる。

みんなやりたいことをみつけて、ちゃんとどこかに所属している。私だけ、どこにも行き場がない。帰宅部はほかにもいるけど、みんな授業が終わるとさっさと学校を出て行く。

そういう子は、私と違って学校の外に居場所があるんだろう。

今日はどうやって時間をつぶそうかな。家に帰っても誰もいないし、やりたいことも特にない。また図書館にでも行こうかな。

廊下の突き当たりの通用口の前に一年生の下駄箱《げたばこ》のスペースがある。一学年全部がここで靴を履き替えるから、朝礼の後などは人でごった返すが、いまは誰もいない。にぎやかなはずの学校で、ここにいるのは自分ひとりだ。

もう五月半ばだというのに、なぜか肌寒い気がして、楓は鞄を持っていない左手でセーラー服の襟元を押さえた。その時、誰かの視線を感じて、楓は振り返った。下駄箱置き場の隅に女子生徒がひとり立っていた。

見知った顔だ。弓道の体験教室で会った真田善美だった。

「こんにちは」

「こんにちは」

楓の挨拶に返事はしたが、それ以上何も言わず、善美はじっとこっちを見ている。相変わらず感情が読み取れない。仕方なく、楓の方から話し掛ける。

「同じ学校だったんだね。いままで全然会わなかったけど」

「七組だから」

善美がぼそっと言った。どうやら善美が七組だ、ということらしい。

「えっ、ああ、私二組だから、校舎が別だもんね。あれ、私のクラス知っていた？」

「そこ、二組の下駄箱」

楓の前の下駄箱の上に「二組」という札がついていた。

なんか、話しづらいなあ、と楓は思う。そもそも弓道会の体験教室でも、ほとんど会話らしい会話をしなかった。ここで会っても、何を話せばいいのだろう。

「それに、入学式の日に会っている」

そうだった。入学式の日の人混みに、善美の姿を見かけた。気づいていたのは自分だけだったけど、彼女も私を見ていたのか。

「今日はどこか出かけるの？」

唐突に聞かれて、楓は面食らった。

「とくに予定はないけど。部活やってないから暇だし」

「じゃあ、いっしょに行こう」

「どこへ？」

「弓道場」

当然、というように善美は答える。

「えっ、だって私弓道会入ってないし、着替えも持ってないし」

「暇だって言ったでしょ」

そう言って善美は鞄を持っていない右手を差し出して、楓の左手を握った。いきなり親しげな行為をされて、楓はどきっとした。

「待って、あの、私」

どぎまぎしている楓の気持ちには善美はまるで頓着していなかった。ぎゅっと楓の手を握りしめると、恋人を窮地から救うヒーローのように、強引に楓を外に連れ出した。

学校から最寄り駅までずっと善美は楓の手を握っていたが、駅に着いた時、楓は言った。

「逃げたりしないから、もう手を離して」

「ほんとに？」

「約束するから」

と、楓が言うと、善美は嬉しそうににこっと笑って手を離した。その笑顔は邪気がなく、まるで幼い子どものようだ。

学校の最寄り駅から弓道場のある駅までは電車で三駅だった。弓道場は楓の自宅の近くなので、帰り道と同じだ。電車の中ではふたりはずっと無言だった。

へんなの、と楓は思う。自分から誘ったんだから、私を弓道会に入れたいと思っているんだろう。だったら、弓道会のことを説明するとか、何かしゃべればいいのに。

つり革を持って並んでいる善美は楓より小柄だ。横目に天使の輪が見える。くせのない黒髪なので、頭頂部が輪を描くように光っているのだ。髪型は肩までのロングボブ。切り揃えた前髪がやや重い印象だが、それが逆に目の大きさを印象づけている。

やはり美少女だ。自分は美人というよりはかわいい系の顔だと思う。少したれ気味の目と右頬のえくぼがチャームポイントだ。柔らかい印象を与える顔だと思うけど、真田さんの隣に並ぶとその差は歴然だ。真田さんのような並外れた美少女は日常の景色から浮いている。自分は平凡で、彼女の引き立て役のように見える。

楓は善美に接していない方に体重を掛け、ふたりの間を少し空けた。

電車はあっという間に駅に着いた。駅から弓道場へ向かう道の途中、善美は何もしゃべらなかったが、ぴったりと楓の横にくっついて、歩調を合わせた。

弓道場に着いて、玄関のところで「こんにちは」と楓が挨拶すると、射場や控え室にいた人たちが一斉にこっちを見た。

「あら、珍しい人が」

控え室にいた指導者の久住が、立ち上がって玄関まで来た。

「お久しぶり。えっと、矢口さんでしたね」

「はい、お久しぶりです」

楓はいまさらドキドキした。入会しなかった人間がなんの用か、と冷たくされるかもしれない、と思ったのだ。しかし、久住は嬉しそうな顔をして問い掛けてくる。

「入会する気になってくれた？」

それを聞いて、楓は申し訳ない気持ちになった。まだ、そのつもりはない。

「いえ、あの、真田さんと私、同じ学校で、今日帰る時に誘われたんです。入会とかじゃなく、ちょっと見学しようと思って」

暇つぶしに、とは言えなかった。楓の相手は久住にまかせた、というように、善美はさっさと道場に上がり込んだ。神棚に向かって挨拶すると、着替えを持って更衣室に向かっている。

「それは嬉しいわ。でも、せっかくだから見学じゃなく、練習も一緒にやって行けば」

「でも……着替えも持ってこなかったし」

「えっと、あなた、身長何センチだっけ」

「一六八です」

「ちょっと待っててね」

そう言って、久住は奥の戸棚を開けて、そこにあった風呂敷《ふろしき》包みを持ってきた。

「ご家庭の事情で、最近弓道会をやめられた方がいてね。これ、買ったばかりでもったいないから、誰かに使ってほしいと寄付されたのよ。あなたならちょうど合うと思うわ」

風呂敷の中には胴着と袴に黒っぽい帯も入っていた。まだ新しく、どこも傷んでいない。

「だけど私、見学だけのつもりだったし、着方もわからないから……」

これを着たら、ずるずると弓道会に引き込まれるような気がして、楓は躊躇《ちゅうちょ》した。

「大丈夫、着付けなら手伝うわ」

久住に言われると、楓は拒めなかった。弓道着の誘惑に勝てなかったのだ。白い胴着に黒の袴姿は清楚《せいそ》で凛々しい。これを着た人はみな素敵に見える。だから、自分でも着てみたいと思っていたのだ。

　更衣室に行くとまず胴着を着た。白い綿でできた胴着は下前の襟の先に紐が付いており、それを左脇の内側に付いている紐と結べば簡単に着られる。それから帯を巻くのだが、楓にはやり方がわからない。それは久住が手伝ってくれた。帯は化織だが、黒地に白い花が点々と刺繡《ししゅう》されている。

「帯の位置が大事なんです。高すぎても低すぎてもいけない。帯をちゃんと着けていると、おなかで呼吸がしやすくなるし、背筋も伸びるでしょう」

　そうして、ぎゅっと帯を締める。確かに、しゃんと気合が入る感じだ。

　それから、袴を身に着ける。袴は幅の太いズボンのようで、左右それぞれに脚を通す。袴にも長い紐が付いており、その始末が難しい。最初に着けた帯と袴の紐と何重にも胴体を巻く形になる。最後におなかの方で紐をぎゅっと結ぶと完成だ。

「ああ、思った通り、ぴったりね」

　久住は着付けの終わった楓を見て、にっこり微笑《ほほえ》んだ。

「だけど、やっぱりちょっと髪が邪魔ね。こうしましょう」

　久住は棚の中にある箱の中から、黒い髪ゴムを出し、楓の髪を後ろで束ねた。楓の髪は肩までやっと届くくらいの長さなので、五センチくらいの短いポニーテールになった。

「これでどうかしら」

更衣室の鏡に、自分の姿が映っている。弓道着を身に着けた自分は、きりっとしてカッコいい。優柔不断で人見知りには、とても見えない。

「素敵。まるで弓道アニメのコスプレしてるみたい」

正直な感想を言うと、久住は再び笑った。

「そうね。ふだんはこんな服着ないものね」

更衣室を出ると、楓の姿をみつけて、ほかの人たちも集まって来た。

「楓ちゃん、お久しぶり」

真っ先に声を掛けてきたのは、小菅だ。小菅も弓道着を着けている。

「入会することにしたのね。よかった」

「いえ、まだ見学だけなんです。あの」

言い掛けた時、横から声がした。

「もしかして、あなたも高校生?」

声の主も若い。弓道着を着ているから落ち着いて見えるが、「あなたも」と言うからには自分も高校生なのだろう。髪は楓と同じくらいの長さだが、結んではいない。

日に焼けて浅黒く、生き生きとした目が印象的な少女だ。

「はい。高校一年です」

「わ、嬉しい！　タメだ。私、山田光《やまだひかり》、よろしくね」

「矢口楓です。よろしく。でも」

まだ入会していない、と説明しようとしたら、後ろから別の声がする。

「あ、きみ、やっぱり来たんだね」

体験教室に楓を誘ったイツヤという少年だ。イツヤも嬉しそうな顔をしている。

「妹がそのうち連れてくるって言ってたからさ。待ってたんだ」

「妹？」

「きみ、善美と同じ学校なんだろ？」

つまり、イツヤの妹というのは、真田善美のこと？　妹が連れてくると言ってたってことは、今日会ったのは偶然ではなく、彼女は機会をうかがっていたってこと？

「えっと、つまり、あなたは真田善美さんのお兄さん？」

「そう。あれ、自己紹介してなかったっけ？」

「ええ。そういえば、名前も聞いてなかった」

なんとなく顔見知りになったので、お互いちゃんと名乗ったことはない。名前を聞いていたら、すぐに兄妹《きょうだい》だとわかっただろうに。

「そうだっけ。ごめんね。いまさらだけど、僕は真田乙矢《いつや》。弓道で言うところの甲矢《はや》乙矢《おとや》の乙矢と書いてイツヤと読むんだ。あなたは矢口さんだっけ?」

「矢口楓です」

自分が彼女になりたいわけではないが、イツヤと善美がカップルでないと知って、なぜか浮き立つような気持ちになっている。

「そう、これからよろしくね」

乙矢のにこっと笑った顔がまぶしくて、『見学だけです』とは言えなくなった。

「カエデ、お久しぶり」

ちょっと癖のあるイントネーションで話し掛けてきたのはモローだ。あいかわらず寝ぐせがついている。

「わ、モローさん、私を覚えていてくれたんですね。それに、弓道着、とても似合っています」

「カエデも似合ってますよ。また、いっしょに練習できて嬉しいです」

モローも新しい弓道着に身を包んでいた。茶褐色の髪に瞳の色は緑だが、違和感はない。サイズがあっていれば、弓道着は誰にでもしっくりくるものだな、と楓は思う。

その時、モローの後ろで弓を張ってる善美が目に入った。楓ははっとした。善美はジャージ姿だ。弓道着をまだもっていないらしい。

この弓道着、真田さんが着た方がいいんじゃないだろうか。

浮き立っていた楓のこころがちょっとしぼんだ。

真田さんは私より十センチは背が低い。きっとこの弓道着は彼女には大きすぎるんだろう。もし、彼女に合うなら、久住さんも彼女にこれを着せたはずだ。

だけど、会員でもない私がこれを着て、真田さんがジャージっておかしくないだろうか。なんで彼女はジャージなんだろう。まさかお金が無くて買えないんじゃないよね。

後ろめたい気持ちを抱えながら弓を張ったり、カケを着けたりして準備していると、久住が号令を掛けた。

「新人の皆さんは、こっちに来てください」

そうして楓たちは道場の壁にある、丸いものの前に来た。藁を束ねて的状にしたものので、巻藁というのだそうだ。巻藁の傍には全身が映る鏡が置かれている。

「巻藁の練習は、弓を射る時の正しい姿勢を身につけるためのものです。上段者になっても、巻藁で自分の姿勢をチェックするのは欠かせません」

久住が楓に説明する。巻藁の練習では実際に矢を射るが、専用の矢を用いる。矢羽はついておらず、先もとがっていない。

巻藁はふたつあり、それぞれに指導者がついて新人たちの練習をチェックしている。

「ちょっと間が空いたけど、射法八節は覚えているかしら？」

楓が最初に並んだ巻藁の傍には久住がいた。もう一方には隅田が付いていて、モローを指導している。

「えーっと、少しだけ」

「じゃあ、思い出しながら、順番にやってみましょう。まずは足踏み。覚えているかな」

巻藁まで二メートルくらいのところに、的と垂直になるよう、横向きに立つ。弓は左手に、矢は右手に持ったまま、それぞれ腰のところに手を当てる。

そして、その姿勢を保ったまま、足を左右に開く。これが「足踏み」。

矢をつがえて弓の下部を左膝頭に乗せ、姿勢を正し、呼吸を整える「胴造り」。

右手の親指を弦に掛けて矢を支さえ、左手で弓を握り、顔を的に向ける「弓構え」。

顔は的に向け、両手を水平に保ったまま弓を上にあげる「打ち起こし」。

弓を左右に押し開く「引き分け」。

その姿勢で身体のバランスを整え、狙いを定める「会」。

矢を発射する「離れ」。

矢を放った後、しばらく姿勢を保つ「残身」。

これが射法八節だ。的前に立って矢を放つ、そのシンプルな動作のひとつひとつにこんな風に名前がついている。時間にしてわずか一分とか二分のことだ。

「これが弓道の基本の型です。このひとつひとつがちゃんとできていれば、自然と矢は正しいところに向かいます」

「なんだか難しいですね。こんなに細かくやることが決まってるなんて」

楓が感想を言うと、久住はにっこり笑う。

「ほかのスポーツと違って、弓道は初心者でも上段者でも、この射法八節を正しくやる、それに尽きるんです。だから、一度手順を覚えてしまえば、いちいち考えなくても自然と身体が動くようになります。同じことを繰り返して、型を身体に染《し》み込《こ》ませるんです」

「誰が、この射法八節を考えたんですか？」

楓が聞くと、久住はびっくりした顔をしたが、すぐに笑顔になった。

「誰でしょうね。私も知らないから、今度調べておくわ。たぶん、戦後弓道を体系化しようとした時にまとめられたものだと思うけど」

「ふーん、意外と新しいんですね」

「そうね。でも、いま弓道をやっている人はみんなこの射法八節を練習してきたんですよ」

「みんな同じことを？」

「そう。型っていうのは、それがいちばん合理的で、無駄がなく、美しい動きなの。この中には先人の意志や智恵《ちえ》が息づいているの。射法八節という言葉でまとめられたのは新しいかもしれないけど、その動き自体はおそらくずっと昔からあったと思う」

そう言われて、ふいに楓の頭の中に、武士が矢を射るイメージが浮かんできた。鎧《よろい》兜《かぶと》を着けた武士が馬上から狙いを定めて、スパーンと矢を放つ。イメージの武士の顔はなんとなく乙矢に似ている。

「弓道をやるってことは、その伝統を受け継いでいくってことなのよ」

「それって……ロマンチックかも」

久住は再びにっこり笑った。

「そう思ってもらえたら、嬉しいわ。できれば矢口さんにも、その伝統を受け継いでほしい」

久住が暗に入会を勧めている、と思った。返事のしようがなくて、楓は黙ってしまった。

結局、その日は新人たちは的前での練習はしなかった。ただひとり、善美だけは後半は的前に移って練習するように指導者に言われたが、それ以外の無段の人間は、最後まで巻藁の前を動かなかった。

それでも、楽しいと楓は思った。体験教室の時は、与えられる課題をただこなすだけで精一杯だった。だが、いまは違う。身体がやることをわかっている。単純な動作の繰り返しだが、それが意外とおもしろい。同じことを繰り返しているようで、毎回少しずつ違う。ほんのちょっとの手首の動かし方や力の入れ方で矢の向きが変わる。より正しく、より大きく引こう、ということだけに集中していると、あっという間に時間が過ぎていった。

練習時間の最後の一五分、という頃に、前田が宣言した。

「これから、歩く練習をします」

全員が弓と矢を持って、射場の端の方に集まった。そして、上段者が先に立って、射場の中を歩き始めた。新人たちは後ろの方、楓は列の最後尾についた。前との間隔を空け、ふつうに歩き出すと、たちまち前田の声が飛んできた。

「あ、ちょっと待って。あなた、全然違う」

どうやら、楓のことを言ってるらしい。楓は困惑して立ち止まった。

「ああ、あなたは初めてだったわね。ちょっと久住さん、お手本見せてもらえる?」

久住が左手に弓、右手に矢を持った執弓の姿勢を取ると、そのまま歩き始める。足をほとんどあげず、スーッ、スーッと身体全体で前に進んでいく。楓が学校で習ってきたような、左右の手を勢いよく振り、足を膝まで上げる、というような行進の歩き方とはかなり違う。時代劇みたいな、ちょっと不自然な歩き方だ。

「歩く時、足の裏を見せてどしどし歩いてはいけません。足はすり足で。前に出る時には、重心を真ん中に置いて、腰から自分を前に移動させるつもりで動いてください」

久住の説明が終わると、前田は手を叩《たた》いて「一、二、一、二」と号令を掛ける。そのタイミングに合わせてみんなは歩き出す。射場の壁に沿って、長方形を形作るように歩いて行く。楓もなかなかうまく歩けないが、モローはもっと下手だった。妙に足の動きがぎくしゃくしている。

「足、揃ってない。一、二、一、二」

楓は前に立ってる小菅の足下を見て、それに合わせようとした。すると、前田の声が飛んでくる。

「矢口さん、背中を伸ばして」

いけない、いつもの癖だ、と楓は思う。猫背になりがちなので、母によく注意されるのだ。楓は背中を緊張させた。

「そう、視線は床の三メートルほど先に向けるようにね」
一、二、一、二、と続け、リズムに乗ってきた。みんなの足も揃っている。だんだん楽しくなってきた、と思ったところで、
「はい、今日はここまで」

と、声が掛かった。歩く練習は時代劇の人になったみたいで、ちょっとおもしろかった。それで、その日の練習は終わった。

その後、更衣室に行って、セーラー服に着替えた。楓は着ていた弓道着を畳むと、和室にいる久住に尋ねた。

「あの、練習着、ありがとうございました。これ、洗濯してきましょうか？　家でも洗えますか？」

「ああ、これあなたに差し上げます」

「えっ、いいんですか？」

「これを寄付してくれた人も、サイズが合う人にあげてほしい、と言ってたし、あなたにぴったりだったし」

「でも……」

「これを包んでいた風呂敷を貸してあげるわ。こちらは、次の時に持ってきてくださいね」

次があるのだろうか。まだ入会する、と決めたわけではない。練習は楽しかったけど、こんな風になし崩し的に決めていいのだろうか。

その迷いを、小菅と光の言葉が断ち切った。

「よかったね、ほんとそれ、似合ってたわ」

「いいな、最初から弓道着で練習できるなんてラッキーだよ」

ふたりが喜んでくれるのをみて、ふいに、これでいいんだ、という感情が湧いてきた。これだけ親切にしてもらったんだし、断るのも意地っ張りな気がする。練習は楽しかったし、またここに来てもいい。

「どうします？　やっぱり弓道を続けるのは難しい？」

久住が心配そうに尋ねる。

「いえ、大丈夫です。次から練習に参加します」

楓の言葉を聞いて、「やったー」と声を上げたのは、乙矢だった。「ジュニアがまたひとり増える」

「えっ、彼女、最初から入会するつもりじゃなかったの？」

何をいまさら、と言うように、光があきれた顔をしている。

「一緒に頑張りましょうね」

小菅が楓の手を握った。その手のぬくもりに、楓のこころはほんのり明るくなる。どうせ放課後の自分には居場所がなかったのだ。こんな風に歓迎してくれる場所があるならそれでいい。ここが自分の居場所になる。

「カエデ、戻ってきてくれて嬉しいです」

モローまで優しく声を掛けてくれた。楓は「はい、私も」と大きな声で返事した。

「じゃあ、次は金曜日ね」

と、小菅が言ったのを聞いて、楓は問い返した。

「金曜日？　明日はダメなんですか？」

「毎週月、水、金の午後は指導者がいて、しっかり練習を見てくださるの。段を取得してない人は、指導者がいない時は弓を引けないことになっているから、私たちはこの時間じゃないと来られないのよ。この曜日に来れば誰かしら同期がいるわ」

毎日じゃないのか、と楓は軽い落胆の気持ちを覚える。すると、光が補足した。

「ほかにも初段の人や弐段の人が集まるけど、ジュニアもだいたいこの時間にくるよ。学校終わってからだと四時過ぎるけど、誰か知った顔がいると嬉しいからね」

「ジュニアって?」

「中高生のことをジュニア会員って言うんだ。たった五人しかいないから、ジュニアが増えるのは大歓迎」

「五人じゃないよ、六人だよ」

光の言葉を乙矢が訂正する。

「だって、賢人《けんと》は受験があるからって、今年度は来られないんでしょ。いないも同然だよ」

「夏休みになったら、少しは顔を出すって言ってたよ。あいつ、早く参段受けたいって言ってたし」

「ジュニアでも段持っている人いるの?」

楓が聞いてみた。段を持っているって、なんかすごい。

「私と高三の中河内《なかこうち》は初段。善美と中二の智樹《ともき》は無段で、弐段は乙矢と賢人」

「弐段ってすごいね」

初段までは素人っぽいが、弐段を持っているなら本格的な感じがする。

「だって、俺、高三だし。時間さえ掛ければ、弐段までなら誰でも取れるよ」

「だけど、乙矢は私より後に始めたじゃない。なのに、あっという間に抜かされて、次の段級審査で参段に挑戦だよ。ほんと、嫌になる。才能のあるやつは違うよ」

「だったら、光も毎日くればいいじゃん。悪いけど俺、光よりずっと回数引いているんだからね。才能とか関係ないよ」

「嫌だよ。ほかにやりたいことあるし。弓ばっかりもやってられない」

あっけらかんとした会話が心地よかった。ジュニアの会員たちはみんな仲がよさそうだ。弓道会には善美のほかに、同じ学校の生徒はいなかった。学校が違っても、同世代の友だちができるのっていいな。楓の気持ちは浮き立っていた。

7

「へえ、弓道着ただでもらえたの？　すごい、ラッキーじゃない」

その日の出来事を報告すると、母は開口一番そう言った。

「うん。ちょうどサイズの合う弓道着が余ってたんだって。あ、だけど足袋だけは用意しなさい、って言われた。おかあさん、足袋持ってる？」

「持ってない。持っていても、あなたとはサイズが違うから、買いに行かなきゃだめね」

「足袋ってどこに売ってるの？」

「どこだろう？　駅前のスーパーならあるんじゃないかな」

「だったら、明日行ってくる。お金出してくれる？」

「それはいいけど、あなた、結局弓道会に入ったのね？」

「え、うん」

「なんだ、そうなんだ」

母はほっとしたような、あきれたような声を出した。

「悪かった？」

「ううん、反対。よかったと思ってる。運動するのはいいことだし、最近あなた、退屈そうだったし」

「えっ、そう？」

家ではふつうに振る舞っていたつもりだったけど、母は気づいていたのか。

「なに、なに、どうしたの？」

大翔が話に割り込んでくる。大翔と父はテレビでサッカー中継を観ていたのだが、ちょうど終わったらしい。

「楓が弓道始めることにしたんだって」

「へー、よかったじゃない」

嫌みのひとつも言うかと思ったが、大翔はあっさり返事した。

「弓道着が余っていたから、ただでもらえたそうよ」

「弓道着？　ただで？」

父もソファから立ち上がり、楓たちのいるダイニングテーブルの方へ来た。

「うん、帯もちゃんとセットでもらった」

「姉ちゃん、それ、ちょっと着てみてよ」

「えーっ、いまから？」

「おとうさんも見たいな。楓の弓道着姿」

「そ、そう？」

「おかあさんも」

家族みんなにせがまれて、楓はその気になった。

「ちょっと待ってて」

自分の部屋の鏡の前で、実際に着付けしてみる。胴着を着るのは簡単だ。襟の下端と左脇の内側に紐がついていて、それを結べばいい。だけど、袴の着方が難しい。

「あれ、どうだっけ？」

一度やってもらっただけでは、ちゃんと覚えてはいない。もたもたしていると、母が「まだなの？」と、部屋をのぞいた。

「やり方、よくわからなくて。スマホで検索したらやり方出てるんだけど、それでもうまくできないよ」

「どれどれ、見せてごらん」

母がスマホを見ながら帯を結ぼうとするが、うまくいかない。

「あれ、これはどっちに折っているんだろう？」

母も混乱している。母も自分で着付けはできないので、やり方がわからないのだ。それでてんやわんやで三〇分くらいあれこれ試して、ようやく袴を着ることができた。それで、リビングに行くと、父と大翔は「おおっ」と声をあげた。

「姉ちゃん、カッコいい。まるでちゃんと弓道やってる人みたい」

「いいね。楓、いつにもまして美人に見えるよ」

父の目尻が下がっている。父は娘である楓に甘いのだ。

「ほら、ぐるっと回って」

父に促されて、楓はその場でモデルのように一周する。

「いいね。やっぱり大和撫子《やまとなでしこ》だ。洋服もいいけど、やっぱり着物が似合うね。柄がない分、シンプルで凜々しさが際立つよ」

「これ、せっかくだから、写真撮っておばあちゃんに送ろう」

母が提案して、大翔がスマホで楓を撮影した。すぐに名古屋の祖母に送信する。

「東京のおばあちゃんにも送ったら？」

母にそう言われて、父方の祖母のことを思い出した。それまで近くで毎日のように会っていた母方の祖母のことはすぐに思い出せても、東京の祖母のことはなかなか頭に浮かばない。もともと母方の祖父母のことをおじいちゃん、おばあちゃんと呼び、離れている父方の祖母のことは、東京のおばあちゃんと言っていた。同じ東京に住むようになったのだから、『東京の』と付けなくてもいいのだが、急に呼び方は変えられない。

「送ってもいいけど、東京のおばあちゃんのアドレスって私知らない」

「じゃあ、教えるよ」

母に教えられたメールに送信すると、入れ替わりのように名古屋の祖母から返信が届いた。

『とても素敵。今度写真館で記念撮影して送ってちょうだい』と書いてある。さらに『もし、弓が必要なら、おばあちゃんが買ってあげる』とも書かれてある。母方の祖母は、自分の若い頃に似ていると言って、四人いる孫たちの中でも楓がいちばんのお気に入りなのだ。

「そうか、弓とか矢もいるんだな」

「それはまだ早いよ。まだ型が安定していないし、どれくらいの強さの弓が自分に合っているかわからないから、弓は初段取ってから買う方がいいらしいよ」

帰り道で光に教えてもらったのだ。弓道会ではそういう人が多いらしい。

「そうなんだ。写真館で撮るなら、弓とか矢とか持った方がいいんだけどな」

父が残念そうだ。

「えーっ、ほんとに写真撮るつもり？」

「もちろんだよ。できれば、矢を射る瞬間を撮りたいんだけど、弓道場で撮らせてもらえないだろうか」

「まだ、それどころじゃないよ。いま習っているのは、歩き方とか基礎の基礎だもん」

「歩き方って？」

大翔が興味を示す。

「すり足っていうんだって。こうやって、足の裏をなるべく見せないように歩くんだ」

楓が実際に歩いてみせる。

「ふうん、なんかカッコ悪いね。ファッションモデルの歩き方とは正反対だね」

そう言って、大翔がモデルの歩き方を真似《まね》して、腰を大げさに左右に振って歩いてみせた。立ち止まって前をにらみ、腰に手をあててターンまでしてみせる。それを見て楓と母は笑ったが、父は笑わなかった。

「楓が習っているのは、日本古来の歩き方なんだよ」

「日本古来って？」

「西洋風の歩き方は大きく足を開き、つま先で地面を蹴ってその勢いで前に進む。だけど、江戸時代までの日本人はあまり踵《かかと》を上げないですり足で歩いていたんだよ。膝を少し曲げて、重心を落とす」

父がやってみせる。ちゃんとすり足で、腰が動かない歩き方だ。

「こういう歩き方だと重心が安定して、頭に重いものを載せて運ぶ時に揺れないし、急に体勢を変える時にも対応しやすいんだ」

「パパ、上手だね」

「ほら、パパは昔剣道を少しやってたから、その時教わったんだよ」

「剣道って、いつ頃?」

「小学校の五、六年の頃」

「知らなかった。でも、すぐにやめちゃったんだね」

「胴着が臭くて嫌だったんだ。それに中学入ったら、サッカー部に入ったし」

「なんだ、もったいない」

「うん、いま考えると、続けておけばよかった、と思っている。武道には先人の知恵が詰まっているから、それをちゃんと身に付けておけばよかったなって」

「でも、二年もやったんでしょ?」

「二年だけじゃ、やったうちに入らないよ。武道って、五年一〇年ではまだひよっこだからね。何十年続けてようやく一人前なんだ。だけど、そういうものを続けていると、日々の生活に芯みたいなものができるだろう?」

「生活の芯？　どういうこと？」

「日常の心構えと言ったらいいかな。武道は弓や竹刀《しない》を構えたりした時だけじゃなく、日常の生活も鍛錬のうち、という考え方だからね」

楓がまだわからない、という顔をしていると、父は微笑んだ。

「難しいことはいいよ。せっかく始めたんだ。楓はできるだけ長く続けるといいよ。弓道は一生ものになるから」

父の目はどこか遠くを見ているようだった。だけど、一生ものという言葉はまだ若い楓には重い。ずっと先々までやることが決められている気がして、なんだか息苦しい感じがする。

「サッカーだって、一生ものだよ。シニアでやってる人も、たくさんいるよ」

大翔が不服そうに言う。それを聞いて、父は笑った。ふだんの父に戻った。

「それは、そうだね。大翔もサッカーをできるだけ長く続けるんだよ」

「もちろん。俺がいないと、チームが困るからさ」

大翔は得意そうに言う。それを見て、また家族は笑った。その時、楓のスマホがメールの着信を告げた。

「あ、東京のおばあちゃんだ」

スマートフォンを立ち上げて、みんなに返信を読み上げた。

『楓ちゃん、写真ありがとう。楓ちゃんは弓道を始めたんですね。胴着がよく似合っています。今度、それに合う羽織《はおり》や道行《みちゆき》をお持ちしますね』

「道行って何？」

楓は母に尋ねる。

「えっと、確か着物の上に羽織るコートみたいなものだったんじゃないかな」

母は着物を着ないので、着物用語にも詳しくない。

「ああ、そういうのがあると助かる。家から胴着を着ていってもいいんだけど、必ず上に何か着なさい、って言われているから。ふつうのカーディガンやコートでもいいんだけど、羽織とかの方がかっこいいもん」

「だったら、おばあちゃんちに行ってもらってくればいいじゃない。おばあちゃん、着物たくさん持っているから、きっと楓が気に入るのもあるよ」

父方の祖母は茶道をやっている。人に教える資格も持っているらしい。だから、着物もたくさんあるのだろう。

「ああ、それはいいかも」

「近いうちに行ってくるといいわ」

おかあさんは一緒に行ってくれないのだろうか。自分の実家じゃないし、東京のおばあちゃんのことはちょっと苦手みたいだもんな。

でも、だったら私に行け、と言うこともないのに。

おとなって、よくわからないな。

そう思いながら、楓はスマホを閉じて、テーブルに置いた。

8

その日から、月、水、金の授業後には弓道場に通うことになった。約束したわけでもないのに、なぜかその日の放課後には、下駄箱のところで善美が待っている。掃除などで遅くなっても、楓が来るまでそこでじっとしていた。なので、サボるにサボれない。

美少女の善美が下駄箱のところでじっと立っている姿は、かなり目立つようだ。

「楓、七組の真田善美と友だちなの？」

ある日クラスメートの玲奈に聞かれた。

「う、うん。友だちというか、弓道の仲間」

放課後、善美は必ず待っている。だが、弓道場までの道中はほとんど口をきかない。そして、弓道場に着いても、楓とだけでなくほかのジュニアとも積極的に会話しようとはしなかった。話し掛けられると返事はするし、たまに兄の乙矢が話題を振ったりするが、必要最低限の答えしかしない。弓道会の人たちは、善美はそういう子だから、と納得している。

「毎日一緒に帰っているんでしょ？　男子が羨ましがっていたよ。彼女、ミス武蔵野西って言われているから」

「毎日じゃないよ。弓道のある時だけ」

ただの弓道仲間だ。それに女子同士だし、私を羨ましがるってヘン、と楓は思う。

「だけど、ちょっと変わってるんだってね。七組の友だちから聞いたんだけど、クラスでは全然友だち作らないんだって」

そう教えてくれたのは花音だ。花音は友だちが多く、情報通だ。校舎の違う七組のことなど、楓は全然知らない。

「ああ、あれだけ美人だと、ちょっと近寄りがたいもんね。私が同じクラスだったとしても、敬遠しちゃうかも」

玲奈の言うのを聞いて、やっぱりそうなのか、と楓は思う。自分だって本音では善美が苦手だ。美人でも愛想がよければともかく、善美にはそのかけらもない。それに、ほとんどしゃべらないから何を考えているか、全然わからない。

「おまけに、彼女の家、地元でも有名な大地主なんだって」

花音はそんなことまで知っている。楓も初めて聞く話だ。

「へー、美人でお嬢さま。ますます近寄りがたい。それで趣味は弓道なんてね、できすぎだよ。楓、よくつきあってるね」

「つきあっているといったって、あっちから一方的に寄って来ただけだし」

それに、自分の趣味だって弓道だ。だけど、自分の場合は特別なんて思われないのに。

「それって、ますますすごいじゃない」

「全然、すごくないよ。一緒に弓道場に行くだけだし」

楓は弁明するが、玲奈たちは理解してくれない。楓は学年一の美少女の親友、ということにされてしまった。

その日は、六限の授業はなかった。先生たちの会議だか研修会だかで、授業が休みになったのだ。水曜日なので弓道のある日だ。ちょっと早いかな、と思ったが、善美が下駄箱のところで待っていたので、そのまま弓道場に行くことにした。

弓道場に着くと、射場で練習している人はおらず、前田が和室のところで、ひとり何かノートに書きつけていた。

「あ、いいところに来たわ。急いで着替えて、境内の方に行ってちょうだい」

「境内？」

「ちょうど掃除を始めるところだから」

なんのことかわからなかったが、楓は急いで弓道着に着替えた。善美は相変わらずジャージ姿だ。そして、言われたとおり境内の方に行く。すると、弓道着を着た先輩たちが、竹ぼうきを持ってそこここで掃除をしていた。

「今日は早かったのね」

幸田真紀《こうだまき》が言う。幸田は四〇歳過ぎ、弐段の中でも上手な方の先輩だ。仕事で看護師をしているためか、明るくて面倒見がよく、後輩の楓たちにも積極的に話し掛けてくれる。

「はい、学校が早く終わったので。ここ、掃除をするんですか？」

「そう、毎日三時から三〇分くらいは掃除の時間なのよ。その時間、練習に来ている人で、境内と道場の掃除をしているの」

楓たちが授業を終わって弓道場に来るのは、いつもなら三時半をまわっている。だから、先輩たちが掃除をしていることに気づかなかったのだ。

そういえば、弓道場はいつもきれいだった。毎日掃除をしていたからなんだ。でも、道場はわかるけど、なぜ境内まで掃除しなきゃいけないのだろう。

「社務所の横に掃除道具の置き場があるから、そこからほうきを持って来て」

楓と善美は、言われたとおりに竹ぼうきを取って来た。

「どこを掃除すればいいんですか？」

「どこでもいいんだけど……ひとりは東の方に。人が少ないから」

それを聞いて、善美が向かった。楓は幸田の傍で掃き始めた。

五月の新緑の季節を迎え、境内の木々は萌黄《もえぎ》色《いろ》から濃い緑へと変わり始めている。見上げると枝と枝の重なったすきまから、ちらちらと光が漏れている。暑くもなく寒くもなく、一年でいちばん過ごしやすい季節だ。

「いまの季節は、お掃除も楽なのよ。秋から冬に掛けては、落ち葉がすごいから」

そう言われたが、掃き集めると、落ち葉は結構な量になった。幸田がプラスチックでできた落ち葉用の大きなちりとりを持ってきた。そこに落ち葉を掃き集める。枯れ葉のたくさん載ったちりとりは、かなり重そうだ。

「それ、持ちましょうか」

楓が言うと、幸田はにっこり笑った。

「じゃあ、若い方にお願いしようかな。これ、本殿の裏の植木の根元あたりに捨ててきて」

ちりとりはずっしりと手に重かった。それを運びながら、楓はちょっと後悔し始めている。

もっとゆっくり来ればよかった。私は弓道をやりに来たのに、なんで境内の掃除までやらなきゃならないんだろ。

そんな気持ちを察したのか、落ち葉を捨てて戻って来た楓に、幸田が説明する。

「うちの弓道会、会費安いでしょ。なぜだかわかる？」

「いえ」

確かに会費は安い。ジュニアの会費は月五〇〇円だと母に告げたら『学校の部活よりお金が掛からないのね』と驚いていた。

「それはね、ひとつは会の運営を自分たちでやってるから。予算や年間計画を立てたりするのはもちろん、道場の管理についても理事を中心に自分たちでやってるの。私たちを教えてくれる指導者の人たちにしても、完全にボランティア。無給でみてくれているのよ」

「えっ、そうだったんですか」

楓はびっくりした。指導者の人たちはいくらか報酬をもらっているのだとばかり思っていたのだ。ふつうのスポーツクラブより熱心に教えてくれるのに、お金は払われていないのだ。どうしてそんなことができるのだろう。

「少なからぬ時間を私たちのために使ってくださるのだから、ありがたいわね」

「はい、ほんとに」

指導者の人たちはお金のためでないとしたら、弓道を広めたい、という純粋な気持ちだけでやっているのだろうか。

「それからね、お金が掛からないもうひとつの理由は、弓道場の家賃がタダだから」

「どうして家賃がいらないんですか？」

「ここの神社が無償で土地を貸してくださっているの。弓道場の建物は、その敷地に自分たちで建てたものなのよ」

「そうなんですね」

「だから、そのお礼に、私たちもできることは神社に協力することになっているの。境内の掃き掃除もそのひとつ。境内のトイレ掃除も、弓道会の会員が順番でやっているわ。そうすると神社も助かるし、お互い持ちつ持たれつ、ってわけ」

なるほど、そういう事情があったのか、と楓はようやく納得した。指導者に教えてもらって、道具も借りて月五〇〇円なんだから、ほんとにありがたい。自分も境内掃除くらいはちゃんとやろう。

「ほかにも、年末のしめ縄作りを手伝ったり、節分の豆まきにはうちの弓道会の人間が豆まきをしたりするのよ。そういうのにも、できれば参加してみるといいわ。意外と楽しいのよ」

「はい。その時は参加します」

そんな話をしていると、遠くで久住が、

「もうそろそろ終わりにしまーす」

と、声をあげている。掃除時間は二〇分ほどだった。ちょうど掃除が終わる頃、制服姿の乙矢が弓道場に入って行くのを見た。楓たちも、ふだんなら神社に着くのはこのくらいの時間か、もっと遅いくらいだ。

だから、みんなが掃除してることに気づかなかったんだ。いつも先輩まかせで申し訳なかったな。

楓はちょっぴり反省した。

来られる時には、もっと早く来て、掃除頑張ろう。

使った竹ぼうきを神社の隅の掃除道具置き場に並べると、楓は急いで弓道場へと戻って行った。

その後、和室の奥にある給湯スペースで、楓と善美と小菅はお茶の準備をした。お茶当番は、いちばん後輩がやることになっている。年齢が上でも、入会した順番に先輩後輩が決められるので、六〇を超えている小菅よりも、高校生の乙矢や光の方が先輩だ。男女関係ないので、モローがいればモローも手伝うのだが、今日は都合でお休みだった。

「あら、善美さん、いい手つきね」

小菅がお茶を淹《い》れている善美を褒める。

「ありがとうございます」

「善美さんはお茶を淹れるのに慣れているのね」

「母が淹れ方にうるさいんです」

いつものように、善美の返答はそっけない。

「私、お茶を淹れたことがないんです」

何をしていいかわからず、傍に突っ立っていた楓は、小菅にそう言い訳した。

「うちでは緑茶はほとんど飲みません。冷蔵庫に麦茶は常備しているけど」

だから、楓はお茶の淹れ方なんて教わったことがない。母がお茶を淹れるのは、お客さんが来た時くらいだ。ふだん日本茶は自販機のペットボトルで買うものだった。

「そういう家庭が最近では増えてるそうね。だったら、ここでお茶を淹れる練習するといいわ。やり方を知っていて、損することはないから」

そう言いながら、小菅はお盆を出してその上に湯呑《ゆの》みを並べた。湯呑みはそれぞれの会員が自分で持ちこんだものだ。

「さあ、これをテーブルに運んで」

そう言われて、楓がお盆をテーブルまで持っていく。

「えっと、お茶入りました」

すると先輩たちは「ありがとうございます」と言って自分の湯呑みを取ってくれたので、渡す手間が省けた。楓たちも自分の湯呑みを持って、和室の床に座った。

「善美さんが弓道を始めたのは、お兄さんの影響？」

お茶を飲みながら、小菅が善美に尋ねる。

「ええ、まあ」

「実は僕、弓道始めたことはうちでは内緒にしていたんですけど、善美が気がついて、勝手に体験教室に申し込みしたんです」

善美の返事があまりに愛想がないと思ったのか、着替えを終えて和室に来た兄の乙矢が、代わって答える。乙矢は弓道着なのに、妹はジャージ姿だ。ふたりが兄妹だと知ると、ちょっとちぐはぐな感じがする。

「乙矢くん、内緒にしているの？　どうして？」

小菅が驚いて聞き返した。

「うちの母が、弓道をやることに賛成してくれなくて」

「ますます不思議。乙矢くんといい、善美さんといい、まるで弓道やるために付けられた名前みたいなのにね」

小菅の言葉に、乙矢は笑顔を浮かべたが、何も言わなかった。

「親に内緒って、道具なんかはどうしているの？」

楓が不思議に思って質問した。道具代は意外と高いらしいが、乙矢はちゃんと自分のカケや矢を持っているし、弓道着も着ている。

「カケや弓道着はお年玉を貯《た》めたお金で買ったんだ。それで、道具はずっと弓道場に置きっぱなし。弓はまだ持ってないけど」

「参段取れたら、さすがに買った方がいいよ。いつまでも借りた道具ってわけにもいかないし、この後、四段、五段と上にいくなら、自分の弓を持たないと」

指導者の隅田がアドバイスする。

「はい。参段取れたら母にもちゃんと言って、弓を買おうと思います」

参段ってすごいなあ。結構、取るの難しいんだろうな。

弓道場の隅には、段位の順に木の名札が並んでいる。全部で七、八十人くらいだろうか。いちばん上は範士八段の白井康之だ。その次に教士六段がふたり。その下の五段から無段まではそれぞれ十数人いる。無段のいちばんうしろに、真新しい楓の名札もある。

乙矢は、弐段のうしろから三人目だった。同じ段なら段位を取得した順番に名札が並ぶので、乙矢は弐段の中でもまだ新しい方だ。

「参段取るのに、何年くらい掛かるんですか？」

楓が尋ねる。すると、小菅に代わって久住が答える。

「個人差はあるけど、早い人でも二年は掛かるんじゃないかな。うちの弓道会では、最初の一年は段級審査を受けさせないことになっているし」

「それはどうしてですか？」

「まず、基本をちゃんと身に付けないとダメですから。一年我慢できない人は結局長くは続かないでしょう？」

「ああ、そういうことなんですね」

楓は納得する。そうなると、自分も段級審査が受けられるのは、来年五月以降ということだ。それまでちゃんと続けているか、確信はない。

「始めて二年経たないのに参段を受けるっていう人はうちではあまりいない。乙矢くん、上達早いよ」

幸田がそう言って乙矢を褒める。

「いえ、受けるだけなら誰でも受けられますから。もし、参段を一発で合格したら、褒めてください」

「そうね。参段以上は当日の出来次第で、うまい人でも不合格になることがあるから、どうなるかわからないね」

そんなこともあるんだ、と楓がぼんやり思っていると、

「さあ、休憩はおしまい。そろそろ準備して」

と、前田がみんなに声を掛けた。それで休憩タイムは終わりになり、みんな準備に取り掛かる。楓もお茶を片付けるために立ち上がった。

9

六月に入ると、楓やその同期の人たちも、ようやく的前での練習もさせてもらえるようになった。梅雨に入り、日々雨が続いている。雨はうっとうしいが、的前で練習できる嬉しさが、楓をやる気にさせていた。弓道場のすぐ前の道の脇には紫陽花《あじさい》が青や紫、白、薄い紅色などさまざまに咲き乱れている。雨にくすむ灰色の風景の中で、そこだけスポットライトが当たったように美しかった。

的前の練習が始まったのと同時に、入退場の仕方を教わった。射場に入って、向かい側の壁に祀《まつ》ってある神棚に向かってお辞儀をする。段級審査の時は神棚もしくは国旗、そのどちらもなければ審査員席のあたりに挨拶することになるらしい。先頭の人と二番目以下のやり方も違う。二番目以下は一で左足を的正面に踏み出し、二で右足を上座に踏み出し、三で左足を右足に寄せながらお辞儀をし、四で体を起こし、五で左足を的正面に踏み出す、というように、やり方が細かく決まっている。ひとりひとり順番に指導者の前でやってみせるのだが、慣れないと難しい。視線の位置や持っている弓や矢の角度など、細かいところもいちいち注意される。うまくできないとやり直しだ。

　みんなが注目しているところで、自分だけできないのは恥ずかしいな。

　楓は列のいちばん後ろに並び、先輩たちがやる動作をしっかり見て、自分の頭の中でシミュレーションした。自分の番が来て、ドキドキしながら前へと進む。そして、習ったことをやってみる。

「まあ、いいでしょう。だけど、もうちょっと胸を張ってね。矢口さんは時々背中が丸くなっているから、気をつけて。はい、次」

　久住が優しい声で注意する。楓はほっとしながら、列の後ろに並び直した。今日は前田が休んでおり、久住と隅田が新人の指導をしている。

「前田先生厳しいから、今日は隅田先生で助かった」

　楓は自分の前に並んでいた光に、そっと耳打ちした。

「そうだね。前田先生、私もちょっと苦手」

　前田は弓道だけでなく礼儀作法にもうるさい。特に自分には厳しい、と楓は内心思っている。

「だけど、前田さん、えらいんだよ。四〇歳で弓道始めて、五段まで行ったんだもん」

「うまい人って、もっと若い頃から弓道やってるの？」

「そうだよ。錬士とか教士っていう称号を持ってる人は、たいてい学生時代から続けてる人だよ」

「うちの会でいちばん上手なのは誰なの？」

「やっぱり白井さんかな。範士八段だし。全日本選手権でも三位になったこともあるんだって」

体験教室の時に模範射礼をしたのが白井だった、と楓は記憶している。やはり、この道場では一目置かれる存在なのだ。

「ところで、錬士とか教士って何？」

「私もよくわからない。五段以上で、とくにうまい人がもらえる称号みたい。やっぱり審査を通らないといけないんだけど。錬士とか持ってなくても、五段取る人はみんな上手だし。私たちから見れば、雲の上の人みたいだよ」

「ふうん、私たちには当分関係ないね」

「そうそう。そこまでいくのには何十年も掛かるし、それまで続けているか、わからないもん」

そんな話を小声でしていると、光の番になった。光はおしゃべりをやめて、真面目な顔で執弓の姿勢を取った。

的前に立てるようになった、といっても、まだ巻藁での練習が中心だ。巻藁での練習が八割、的前は二割、といったところだ。実際、的前で練習しても、矢は的まで届かず、その手前で落ちてしまうことが多い。

善美が横で矢を放った。まっすぐ飛んで、的の端の方に中った。善美の矢は手前で落ちることはない。中らない時でも、ちゃんと安土つまり的の張ってある壁土のところまで届く。

「善美さんは勘がいいのね」

と、小菅は感心している。小菅もちゃんと矢が届かないで、地べたに落ちたり、逆に的とは大外れの高いところに飛んで行ったりしている。

「同い年なのに、私、駄目だな」

と、楓がつぶやくと、指導者の久住に注意をされた。

「ほかの人と比べることはないわ。弓道は自分のペースで上達していけばいいのよ」

そう言われても、同期の進度は気になってしまう。やっぱり安土のところまで届かず、しょっちゅう脇の藪の方へ矢を射ている小菅よりは自分の方がましだ。パートをはじめたので練習を休みがちな三橋と田辺よりもうまいと思う。モローは男だけあって力があるから、矢はまっすぐに飛んでいく。狙いは定まらないが、それでも的の近くに中る。善美はいちばんうまい。一〇本に一本くらいは中りも出る。同じ高校生なのに、とみんなが思っていないだろうか、とちょっと気になる。やっぱり乙矢同様、生まれつきセンスがいいんだろうか。

「焦《あせ》らず、続けていればうまくなるから」

久住の言うのがきっと正しいのだろう。だけど、ちょっと恥ずかしい。家では練習することもできないし、練習の回数を増やすこともできないので、どうしようもない。いつになったら、ちゃんと中りが出るようになるんだろうか。

そう思いながら、楓は射場に立った。あまり集中できていなかったからなのか、矢は的を大きく逸れて、端の方へと飛んで行った。

七月の半ばまで続いた長い梅雨が終わると、急に気温が上がり、夏本番になった。そして、夏休みも始まった。

夏休みの楓は退屈だ。部活はないし、塾の夏期講習にも申し込みをしたが、まだ高校一年なので勉強ばかりやる気にもなれない。週三日の弓道だけでは物足りない。

「暇なら、姉ちゃんもジョギングしなよ」

と、大翔が言う。大翔はサッカーがうまくなりたいので、毎朝ジョギングは欠かさない。父も時間がある時はそれにつきあっている。

「最近ちょっと太ったんじゃない？」

痛いところを突かれて、楓は怒る。

「そんなこと、あんたに言われたくない」

だが、大翔の指摘は事実だった。部活で運動していないせいか、単に成長期なのか、四月から三キロ太ったのだ。それで、食べる量を減らそうとしたが、母はそれに反対する。

「いまは身体を作る時期なんだから、食事制限は絶対ダメ。栄養素が足りなくなって、後々身体に響くわよ。痩せたかったら運動しなさい」

そう言われて、夏の間だけでもジョギングしようと楓は思ったのだが、弟と一緒に走るのは嫌だった。速すぎてついていけないし、遅いと馬鹿にされるのだ。それで、川沿いの道を走る弟とは別のコースを走り始めた。朝六時に家を出て、あまり車の通らない細い道をぐるぐる回った。

この地域は昔の農家や別荘の名残で、古い大きな家も残っている。そうした家を見るのは楽しい。都立公園の入り口の前には、ひときわ目を引く立派な門構えの家があった。中が見えないほど敷地も広い。

おまけに表札の名前が大館《おおだて》だ。名前と家が一致している。

そんなことを思いながら、その一画を駆け抜ける。しばらく進むと神社の前に出た。そこまで走ると息が切れたので、神社で少し休むことにした。昼の暑さを避けて早朝に出発したのだが、汗が額から背中から噴き出ている。

境内の中に入り、隅の方にあるベンチに座った。境内の中は高い樹々で覆われているので、太陽の光が遠い。緑のカーテンに包まれたオアシスのようだ。葉陰から光がこぼれる。涼しい風が、ジョギングで熱くなった身体をすっと冷やしてくれる。蟬《せみ》の声が、波のうねりのように遠く近く聞こえてくる。

やはりここは気持ちいい。クーラーの中にいるより、ずっといい。

ベンチに両手をついて、ぼーっと座っていると、蟬の声の合間を縫うようにスパン、という聞きなれた音がした。まだ七時前なのに、弓道場で練習している人がいるらしい。

こんな早くから誰が練習しているんだろう。ちょっと見てみようかな。

立ち上がって、奥へと歩いて行った。

射場にいたのは、初めて見る男性だった。年齢は七〇過ぎくらい。弓道会にはそれくらいの年代の男性が多い。淡々とした表情を浮かべているのに、身体に気迫が満ちている。その姿に、楓の目はくぎ付けになった。

作法通りにゆったりと弓を掲げると、老人はまっすぐ両脇に引き分ける。力んだ様子はなく、身体と左右の腕が十文字を作り、なめらかに引き分けられていく。そして、しばらくその姿勢が続いた後、矢がごく自然に手元から離れたように見えた。次の瞬間、スパンッと気持ちのいい的中音がした。矢は的のど真ん中を射貫いていた。

その一続きの動作があまりにも美しく、静謐《せいひつ》で、楓は思わず拍手していた。それで、老人が楓の存在に気がついたようだった。

「あ、すみません。拍手なんてしちゃいけないのに。でも、とてもよかったです。すごくきれいで、自然で」

いま感じたことを、うまく言葉で伝えられないのが楓にはもどかしい。

「あなたは？」

老人の声は穏やかで優しかった。柔和な目をしている。

「あの、矢口楓といいます。私もここで弓道習ってるんです。五月に始めたばかりですけど」

「私は国枝《くにえだ》といいます」

初めて聞く名前だった。道場で見かけたこともなかった。だけど、人見知りの楓でも、不思議と国枝のことは信頼できる気がした。それで、思い切って質問をしてみた。

「あの、どれくらい練習したら、そんなに上手に引けるようになるんですか？　いま何段なんですか？」

「段？」

国枝はにこっと笑った。

「弓歴は半世紀以上だけど、初段だよ」

「初段？　嘘！」

初段の先輩は何人もいるが、楓が見てもあまり上手ではない。形がきれいでないし、第一中りが少ない。一〇射して一射も中らない人も多い。やはり弐段、参段と段位があがるにつれてうまくなるし、中りも多くなる。

「嘘じゃない。段級審査というのがどうも苦手でね。一度しか受けてないんだ。初段を持ってないと練習できない場所もあるので、それだけは取ったけど」

「ほんとに？」

楓は目を丸くした。弓道をやる人はみんな上の段を目指すものだと思っていたのだ。それが目的ではないならば、何を目指して弓道をやるのだろう。

「試合には……たくさん出ているんですか？」

「大学時代は弓道部でしたからね、よく出場してました。でもまあ、それもずいぶん昔のことです。大学出てからは試合も面倒になって、出るのをやめてしまいました。私はものぐさなんですよ」

そんな人もいるんだ。試合も出ない、段級も目指さないというこの人は、何を励みに弓道をやっているんだろう？

「だから、あなたともそんなに差はないんですよ。よければいっしょに練習しませんか？」

国枝に言われて、思わず首を左右に振る。

「いえ、私、段を持っていないので、指導者のいない日はやっちゃいけないって言われているんです。だから、月水金しかここに来られないんです」

「おや、そうだったたっけ」

国枝は弓道会の規則について、あまり知らないらしい。

「でも、私がいれば大丈夫ですよ。私の方で指導者に言っておくから。新人指導の責任者は前田くんだったたっけ」

「はい、そうだと思います」

責任者かどうかは知らないが、指導者の中では前田がいちばんえらいように見える。その前田をくん付けで呼ぶなんて、この人はもっとエラい人なんだろうか。

初段なのに?

「じゃあ、大丈夫です。あがっていらっしゃい」

国枝に促されて、楓は道場に入って行った。

「いつもはどの弓を使っているの?」

「まだ初めて間もないので、弓もカケも道場のを借りています」

「そう。じゃあ、いつも使っているものでやってみて」

楓はいつもの七キロの弓とカケを取り出し、共用の矢を置いてある場所から、適当に数本抜いて持ってきた。

「ああ、まだ矢も買っていないんですね。いま持ってきたのは、ちょっと短すぎます」

「そうなんですか?」

「矢の長さは身体の真ん中から左腕を真横に伸ばした中指までの長さに加えて、五〜六センチほどゆとりをもたせたくらいがいい。あなたは腕が長いから、この矢だとほとんどゆとりがない」

楓は矢を右手に持って、自分の左腕にあててみる。言われた通り、三センチほど矢が長いだけだった。

「あ、ほんとですね」

「慣れた人なら、これでも大丈夫だけど、初心者はもう少し長い矢がいいと思います。できれば、矢とカケは初心者でも自分の専用のものを持った方がいいんですよ。道場のものは扱いが雑だから、矢の筈が壊れたりしていますし」

確かに矢は欲しい、と楓は思う。カケや弓は借り物だけど、毎回同じものが使える。だけど矢は違う。道場に来るたびに、ましな矢はどれか毎回探さなければならないのだ。長さが違うし、弓にうまく筈がはまらないものもある。自分専用の矢があれば、そんな面倒から解放される。

「弓はどれを使っているの？」

「これです」

「ちょっと素引きしてごらん？」

国枝に言われると、不思議と素直に従う気持ちになる。楓は矢を置いてカケを着けると、弓だけ持って国枝の前に立つ。そうして、その姿勢で射法八節をやってみせる。もちろん、矢を持っていないので、形だけの射だ。

「そう、いいね。ちゃんとまっすぐに引けている。だけど、この弓じゃない方がいいかな」

「えっ、そうなんですか？」

「あなたは腕が長いし、身長もあるから、伸びの弓を使った方がいいと思う」

「伸び？」

「二寸伸びといって、ふつうの弓より六センチほど長い弓があるんだ。これなんかどうかな？　九キロだけど」

国枝が別の弓を出してきた。それを受け取ると、楓は弓の弦を張り、素引きをしてみる。

「これでも大丈夫かも」

いままで使っていた七キロより強いはずだが、なんとなく引きやすい。

巻藁の前で実際に引いてみる。やっぱり引きやすい。三、四回巻藁の前で引いた後、国枝が言った。

「じゃあ、ちゃんと的前で引いてごらん」

「はい」

射場の真ん中に立ち、射法八節を頭の中に思い浮かべながら、楓は引いてみた。矢はまっすぐ飛んで、的のある安土のところまでまっすぐに飛んだ。地面で掃けなかっただけでも、楓にとっては嬉しい。

「この弓、私に合うみたいです」

「それはよかった。今度は右手の角度をなるべく一定に保ち、肘で引くつもりで引いてごらん」

「はい」

構えた楓の右肘を、国枝が少し上に引き上げた。そのまま矢を放つと、今度もまっすぐ飛び、的の端に中った。

「わ、中った！」

楓は思わず声をあげたが、すぐにしまった、と思った。弓道会では動作の最中に声を出したり、よけいな動きをしたりすることは禁じられている。だが、国枝は怒らず、にこにこしている。

慌てて楓は足を閉じ、弓を下げると、国枝に謝った。

「すみません。初めて的に中ったので、嬉しくて、つい」

「謝らなくてもいいんですよ。初めての的中、それを嬉しいと思う気持ちは大事です。そういう気持ちがあると、もっとうまくなりたい、って思うからね」

「はい。私、もっとうまくなりたいです。でも」

「でも？」

「私、まだ段を持っていないから、好きな時に来て練習するわけにはいかないんです。初心者は月、水、金って決まっているんですが、学校があるからいつも途中からしか参加できないんです。せめて、土日にも練習できるといいんですけど」

「そうか。学生の人たちはそうなるんだね。それは考えないといけないなあ」

「はい。できれば土日のどちらかでも練習したいんです」

「前田くんたちにも相談してみましょう。若い人たちのやる気に我々も応えないとね」

「ありがとうございます」

「じゃあ、次は審査と同じ動きで引いてみましょうか？」

審査と同じ動き、つまり一手《ひとて》座射《ざしゃ》については、楓は練習し始めたところで、まだそんなにうまくない。

「いいんですか？」

「ふたりだから、ちょっとやりにくいけど。私が後ろで見ているから、大前をやってごらん」

そう言われて、どきどきしながら楓は射場の隅に立った。神棚に頭を下げる。そして、足を踏み出す。ちょっとお辞儀が早かったかなと思ったが、国枝が何も言わないので、そのまま歩き出す。国枝もぴたりと後についてくる。そして、前に向き直り、足を引いて座る。跪坐《きざ》という、爪先立った独特の座り方だ。そして、頭を下げてお辞儀すると、横目に国枝がお辞儀しているのが見えた。

タイミング、揃っている。いや、国枝さんが私に合わせてくれているんだ。

それに気づいた時、楓はなんだか大きなものに支えられているような心地がした。

自分がどうやっても大丈夫。国枝さんがちゃんと見守ってくれる。

そうして、その気持ちのまま射法八節をした。ひとつひとつ丁寧に、それだけに集中した。

すると、なんだかこころの奥がしんと静まった気がした。

先ほどまでうるさいほど鳴いていた蟬の声が、まったく気にならない。

弓と自分。

在るのはそれだけだ。

開いた足の裏から、エネルギーが伝わってくる。それは体の中を駆け上がり、おなかに集まる。そこから背中を通って、頭の上へと抜けていく。

天と地とエネルギーが繋《つな》がった、という気がした。

そうして、弓手《ゆんで》と馬手《めて》を同じ高さに保ちながら、ゆっくりと左右へと引き分ける。

的と弓手と馬手、一直線になった、と思った時、矢が放たれた。

中った、とその瞬間、わかった。

矢はまっすぐ飛び、スパッと音を立てて的へと突き刺さった。

会心の一射だ。なんて気持ちがいいんだろう。こういう気持ちよさは、初めて経験した。

楓が引き終わると、国枝が続く。楓が前に立っていて、座射の最中は横や後ろを見てはいけないので、国枝の姿は見られない。だが、心地よい的中音がしたので、きっと真ん中近くに中ったんだろうと思う。

二射目に入る。楓が大三《だいさん》に入ったところで「おはようございます」と、女性の声がした。誰だろう、と考えて射が乱れ、楓の矢は的から大きく外れた。そのまま何事もなかったように退場する。楓の背中に、的中音が響いた。

退場し終わって、玄関の方を見ると、初めて見る女性が楓の方をじっと見ている。四〇代くらいだが、色白で目のぱっちりしたきれいな人で、弓道着を着ているがメイクもちゃんとしている。

「やあ、笠原《かさはら》さん、今日も早いね」

「こちらは？」

笠原と呼ばれた女性は、楓の方に視線を向けたままだ。

「矢口さん。この五月にうちの弓道会に入ったばかりだそうだよ」

「それで、胴着も着ないで練習を？」

「ジャージだし、いいだろう？　今朝たまたまここを通りかかったんで、私が誘ったんだよ。練習相手がほしかったんでね」

「お相手なら、いつでも私がしますのに」

「笠原さんとなら、いつだって練習できるじゃないか。たまには若い人と練習するのも刺激になるよ。この子は初めて間もないそうだが、なかなかいい射をする。一射目はみごとだった」

「ありがとうございます」

褒められたのは素直に嬉しかった。考えてみれば、弓道で褒められたのは、これが初めてだ。頬が自然と緩んだ。

笠原がこちらを見た。その探るような目つきを見て、楓は自分が歓迎されていない、と知った。

急にいつもの人見知りが戻ってきた。浮かんでいた笑みが強張《こわば》った。

「私そろそろ帰ります。母が朝食作って待っている、と思うので」

一射でも褒められるような射ができたのだ。嬉しい気持ちのまま帰りたかった。笠原という人に何か言われて、嫌な思いをしたくなかった。

「そう。今日は楽しかったよ」

「こちらこそ、いろいろアドバイス、ありがとうございました。あの、またそのうち来てもいいですか？」

「もちろん。いつでも来たい時においで。私はいつも六時からここにいるから。今度は胴着を持ってくるといい」

「ありがとうございます！」

楓は嬉しかったが、笠原という人がうさんくさそうな目をしてこっちを見ているのに気がついた。

あ、もしかしたら、そんなこと言ったらいけなかったのかな、と楓は思った。それとも、国枝さんが社交辞令で言ってくれているのに、調子に乗るな、ということなのかな。

やっぱりこの時間は私のような初段も取っていない人間は、来たらいけないのかもしれない。場違いなのかもしれない。
靴を履いてお辞儀をして道場を出たが、なんとなく笠原の視線が自分を見張ってい
る気がして、楓は落ち着かなかった。

10

八月に入ると、段級審査を受ける乙矢たちの練習は熱を帯びてきた。第一週の週末
に明治神宮の弓道場で審査が行われるのだ。指導者たちも彼らには細かく指導をす
る。弓道場にはいつになく緊張感が漂っている。
乙矢は絶好調だ。気迫のこもったまなざしで的をにらむように見て、スパッと矢を
放つ。気持ちいいくらい、よく中る。
ほかの人はわからないけど、乙矢くんだけは大丈夫だろう。あれで受からなかった
ら、受かる人がいないんじゃないかな。
楓は感心して乙矢の射を眺めている。
今回段級審査に臨むのは、同じ弓道会からは六人。初段に挑むのは一人、楓より半
年ほど前に入会したジュニアの智樹だ。弐段が二人、参段は乙矢と幸田の二人、四段

は一人が挑戦する。参段以上は同じ時間帯には練習に来ないので、どういう人かはわからない。練習時間が違うと、顔も見たことのない会員がたくさんいる。

「段級審査って、どういう風にやるの？」

楓は休憩時間に乙矢に聞いてみた。自分にはまだ先だが、いずれは受けることになるのだ。知っておいて損はない。

「審査は学科試験と実技審査があるんだ」

「学科試験？　ほんとに？」

スポーツなのに勉強が必要なのか、と楓はびっくりする。

「うん、質問自体はそんなに難しくない。初段ならたとえば『基本の姿勢と動作を説明せよ』というように基礎的なことなんだけど、答えは記述式なんだ。まっしろな解答用紙が渡され、それになるだけたくさん言葉を埋めていかなきゃいけない」

「うわー、記述式なんだー。やだなー」

「実技の方は初段でも参段でも同じで、審査員の前で一手《ひとて》するだけ」

「一手ってことは、早矢と乙矢二本だけ？」

「そう、一手だけ見て判断される」

「えーっ、だったら、失敗したら終わりじゃん！」

「そうだよ。だから、厳しいんだ。それに、初段と弐段は中っても中らなくても影響ないけど、参段以上は、少なくとも一射は中らないとダメなんだ」

「わ、そんなの無理」

うまい人でも外す時は外す。コンスタントに五割以上中てられる人は、参段でもそんなにいるだろうか。

「恐ろしいことに、参段の場合は、中らないとまず不合格だけど、中っても合格するとは限らない」

傍にいた高三の中河内潤《じゅん》が説明する。

「えーっ、それはどうして？」

「入退場がちゃんとできているか、美しく射ができているか、そういうことも審査対象になるらしい」

「そんな。参段受ける人はみな、ちゃんとやれるはずでしょ？」

楓は納得できない。この弓道会でも、入退場の動作は徹底的に指導される。それができないと、段級審査を受けさせてもらえないのだ。

「だから、参段にふさわしい射ができているかどうか、ってことなんだろうな」

「参段にふさわしい射ってどんなの？」

「それは……参段は参段だよ」

答えに窮したのか、潤はめんどくさそうに答えた。

「でもまあ、乙矢なら大丈夫だよ。最近、絶好調じゃない？　さっきも皆中だったよね」

ふだんの練習は立射、入退場は省略して二手つまり四射を射て、次の人と交代する。そして、四射すべて的に中ることを皆中という。

「うんまあ」

乙矢は自信ありげだ。楓が見ていると、乙矢は七割くらいの確率で的に中てていると思う。一手しかチャンスがなくても、きっと大丈夫だろう。

「調子落とさず、頑張れよ」

「おう、まかせろ」

自身ありげに乙矢は胸を張った。すごいなあ、と楓は素直に思う。自分だったら、そんな風には言えない。本番一発勝負なんて、いちばん苦手だ。

自分はたったの一手で判断されると思ったら、あがってしまって、うまくできないだろうな。

「さあ、次は歩く練習をします。全員、集まって」

前田の声がした。和室で休憩していた人たちはそれを聞いて立ち上がった。みんなはいつの間にかカケを着け終わっている。楓も慌ててカケを着けると、みんなの後について行った。

その翌週の月曜日。いつものように楓は弓道場に練習に行った。

「こんにちは」

先に来ている先輩たちに挨拶しながらふと奥の壁にある黒板を見る。そこに、段級審査の結果が書かれていた。

「昇段おめでとうございます。

初段　内田《うちだ》智樹さん

弐段　工藤《くどう》あかねさん

　　　金子《かねこ》大輔《だいすけ》さん

参段　幸田真紀さん」

これだけ？　つまり、乙矢くんは落ちたってこと？

びっくりして、楓が黒板の前で立ちすくんでいると、後ろから光が声を掛けてきた。

「乙矢、ダメだったみたい」

「どうして？　あんなに上手なのに。緊張して外しちゃったの？」

ううん、と光は首を振った。

「なんと、二射ともいいところに中ったんだって」

「それで、不合格？」

「うん。観客席で見ていた指導者の方たちも、驚いていたそうだよ。どうして落ちたのか議論になったみたいだけど、結論は出なかったみたい。射は完璧だったらしいのに」

「そうなんだ」

「指導者の方たちは野外の客席から見てるから、審査員の席から見るのとはまた違うのかもしれないけどね」

「乙矢くん、がっかりしてるだろうね」

「うん、今日は来ないかもしれないね」

そんな話をしていると、善美が弓道場に入って来た。夏休みに入ってからは善美は兄の乙矢といっしょに弓道場に来ていたが、今日はひとり。相変わらずジャージ姿だ。

「こんにちは。乙矢は一緒じゃないの？」

光がさりげない口調で話し掛ける。

「うん、今日は休むって」

善美はいつものようにそっけなく答え、準備をするために和室の方へ行った。

やっぱりね、というまなざしで光は楓を見た。楓も無言でうなずいた。

「どっちにしろ、今日欠席すれば、しばらくお休みだしね」

光がささやくように言う。

「どういうこと？」

「水曜日から一週間、お盆でご指導の先生方がお休みになるので、私たちの練習もお休みなんだよ。弓道場は開いてるから、私は初段なんで来てもいいんだけど、ひとりじゃつまらないし。どっちにしても、おばあちゃんの家に行くことになってるしね」

「そっかー」

楓の両親はお盆の混雑を避け、夏の終わりに休みを取ることになっている。父の会社ではそれを奨励しているらしい。なので、あまりお盆休みは意識していなかった。

「乙矢もお盆が終わったら、また元気に戻ってくるよ」

「だといいね」

乙矢が休むと、ジュニアの仲間も活気がない。楓もなんとなくテンションが上がらないまま練習を続けていた。


その翌日、楓は朝のジョギングの途中で神社に寄ることにした。お盆休みだけど、国枝さんは来ているはず。あの人は里帰りする年じゃない、むしろ来てもらう方だ。だから今日も練習しているにちがいない、といささか失礼な予想を立てたのだ。

道場に着いてペースを落とし、クールダウンしながら境内を歩いていると、奥の方からスパンと小気味よい音が聞こえてきた。

やっぱり、国枝さん、来ているんだ。

楓は奥の弓道場まで小走りで行った。射場には、国枝がひとりだけで立っていた。国枝はちょうど弓を引き終わったところのようで、矢を取りに行くために跪坐をしてカケを外そうとしていた。そんな時でもぴんと背筋が伸びている。

ああ、こういう何気ない姿勢も決まってるな。長くやっている人はそうなのかしら。

　楓が足を止めて見惚れていると、国枝が気がついてにっこり笑った。

「おはよう。また来たんだね」

「はい。いまはお盆休みで、ご指導もお休みなんです」

「では、また一緒にやりますか？」

「ご迷惑でなければ、ご一緒させてください」

　思わず敬語になった。くだけた言い方では失礼になる、そう思わせるようなたたずまいが国枝にはあった。

「迷惑なんてとんでもない。また一緒に引けるのは嬉しいです。今日は弓道着は持って来ていますか？」

「はい。リュックに入れてきました」

「じゃあ、弓に弦を張ったら、着替えてください」

「先に弦を張るんですか？」

「そうですよ。弓はしばらく置いた方が落ち着きますから」

「わかりました」

　言われた通りに弦を張り、更衣室で胴着に着替えていると、射場から声が聞こえてきた。国枝が誰かと話をしているようだ。

嫌だな。またあの厳しそうな笠原さんが来てるのかな。

着替えを終えると、楓はおそるおそる射場の方に出ていく。

「それで、あなたは私に何をしてほしいのですか？」

国枝の声がはっきり聞こえてきた。

「僕の射を見てほしいんです」

相手の声には聞き覚えがある。乙矢だ。声の調子が切迫している。楓はまずいところに居合わせてしまった、と思った。更衣室に戻って隠れていようか、と迷ったが、それより先に乙矢の視線が楓をとらえた。乙矢の目が驚きで見開かれた。

「なんで、きみがここに？」

乙矢の声は裏返っている。楓が答えあぐねていると、国枝が代わって返事をした。

「ジョギングでここを通りかかったので、私がいっしょにやろうと誘ったんだよ。この子は無段だけど、うちの弓道会に所属しているっていうから」

「そうだったんですね」

納得したような、していないような返事だった。それどころではない、という切羽詰まった雰囲気を乙矢はまとっていた。

「では、僕の方も見てもらえますか？」

「いいですよ。あなたも着替えていらっしゃい」

それで、乙矢は自分の使っている弓を取り出して弦を張ると、更衣室へと向かった。

国枝は乙矢のことなど気にしていない様子で、楓に話し掛ける。

「じゃあ、巻藁をやってみましょうか？」

「はい」

そして、巻藁の前で国枝の指導を受けていると、着替えを終わった乙矢が出て来た。

「せっかく三人いるんだから、審査の動きでやりましょう」

乙矢は少し驚いたようだったが、「はい」とうなずいた。

「立ち位置はどうしましょう？」

乙矢が尋ねる。

「あなたに大前をやってもらって、私が落ちでいいですか？」

「はい」

乙矢が同意した。楓は真ん中に立つ。大前のタイミングに合わせればいいので、真ん中は気楽だ。日頃の練習でも、いちばん経験の浅い人間が真ん中に、いちばん格上の人間が落ち、つまりいちばん後ろを務めることが多い。

そして、射場の隅に三人で立つ。乙矢の背中が目の前にある。背筋がぴんと伸びて、きれいな立ち姿だ。お辞儀をして入場をする。乙矢は楓より背が高いので、その分歩幅も広い。楓はいつもより少し速いテンポで歩く。楓はまだ袴の扱いに慣れていないので、座ったり立ったりするタイミングが少し遅れ気味だ。そして、跪坐の姿勢を取ると、後ろから立っている乙矢を見る。乙矢の身体には力がみなぎっている。その目は楓の位置からは見えないが、きっと視線は怖いほど鋭く、的をにらんでいるのだろう。いつもそうであるように。

乙矢の射は力強く、一直線で的に中った。続く楓の射は三時の方向に矢が逸れた。国枝は力みなく真ん中に中てる。二射目も同様に、乙矢と国枝は的に中て、楓だけ大きく外した。

退場して矢取りをして戻って来ると、乙矢が待ち構えたように国枝に尋ねた。

「どうでしたか？」

はやる乙矢を、まあまあ、というように国枝は制した。

「私より先に、このお嬢さんに感想を聞いてみましょう。この前、ふたりでやった時と比べて、どうでしたか？」

「あの時はふたりだったたし、立ち順も違うので、単純な比較は難しいんですけど」

いきなり話を振られて、楓は少し口ごもった。何と言えば、乙矢のことをうまく表現できるだろう。

「今回は、二番目だったので、大前に合わせなきゃ、ということを考えて、ちょっと焦りました。歩幅が違うので、早く歩かなきゃいけないし。前は自分が大前だったので、自分のペースでできたんですが」

乙矢の顔がさっと曇った。何か自分はまずいことを言っただろうか、と楓は思う。

「乙矢くんの射についてはどう思いましたか？」

「カッコよかったです。的を絶対外さない、という気迫を感じました」

楓は乙矢をフォローしたつもりだったが、乙矢の顔はさらに歪《ゆが》んだ。逆効果だったようだ。

「わかりましたね。このお嬢さんが、あなたの射の欠点をみごとに見抜いている」

「はい」

乙矢が力なくうなだれる。楓には、訳がわからない。

「あなたは何をそんなに焦っているのですか？　それが射に表れている」

「焦っている……？」

「審査当日の射を見てないので、これはあくまで私の考えですが」

国枝は優しい目で乙矢を見ながら、一語一語言葉を選ぶようにゆっくり語った。

「あなたの射型はきれいだし、的中もする。参段なら合格にしてもよかったかもしれない。だけど、若い方には正しい射を身に付けてほしい、という思いが我々先人にはあるんです。だから、あえて厳しくみる、そういうことだったのかもしれません」

国枝の言葉を嚙《か》みしめるように、乙矢は視線を下に向けている。

「問われているのは技術ではなく、弓に向かう姿勢ではないでしょうか」

「弓に向かう姿勢……」

乙矢は深い溜め息を吐いた。

「ありがとうございます。もっと精進いたします」

精進なんて古い言葉、よく使えるなあ、と楓は感心して聞いている。

乙矢は弓と矢をしまい、「ありがとうございます」と弓道着のままで出て行った。その顔は暗く、もやもやしたものを胸に抱えているようだった。乙矢の姿が見えなくなると、楓は国枝に聞いた。

「私、何か乙矢くんについて、まずいことを言ったのでしょうか？　乙矢くんの射、とてもいいと思っているんですけど」

それを聞いて、国枝は微笑んだ。

「いえ、正直に話してくれて、乙矢くんも感謝してると思いますよ」

「だけど……」

自分の言葉を聞いて、乙矢はショックを受けたようだ。乙矢を貶《おとし》めるようなことを口にしてしまったのではないだろうか、と楓は気にしている。

楓の想いを察したのか、国枝は優しい目をしたまま説明した。

「そろって弓を引く場合には大前のタイミングにみんなが合わせるものですが、一方で大前こそ続く人たちのことを把握しておかなければならない。双方がお互いのことを意識しあって、初めて三人が一体となるんです。あなたが焦った、ということは、大前があなたの歩く速度を考慮していなかった、あなたのことが見えてなかった、ということなんです」

確かに、国枝とやった時のような安心感、一緒に弓を引いている、という充実した気持ちはなかった。乙矢に遅れまい、とするだけで精一杯だった。

「それに、射をする時には『中ててやろう』という意識を剝《む》き出《だ》しにしてはいけません。そういう姿勢は醜いとされているんです」

「なぜですか？　弓を引く時は誰だって中てよう、と思うんじゃないですか？」

楓の言葉に、国枝は再び微笑んだ。

「教本通りの答えで言うなら、的に囚《とら》われているのは美しくない、ということになります」

「教本ですか」

弓道会に入会した時、『弓道教本』があることを教えられた。全日本弓道連盟が作った、弓道の教科書のようなものだ。第一巻の射法篇《へん》というものを購入するようにと言われ、母に頼んでネットで購入してもらった。だけど、写真が古めかしく、言葉も難しいので、楓はぱらぱらめくるだけで、ちゃんと読んではいない。

「教本通りじゃないとダメなんですね」

「ええ。ですが、ただ教本に書かれているのを鵜呑《うの》みにして、それを形だけ真似するというのも、よくないことだと私は思います。教本は道しるべではありますが、なぜそうなるのか、自分の射がどういうものかは、毎日修練して自分でみつけねばならない。畢竟《ひっきょう》それが弓を引くことの意味だと私は思っています」

「よく……わかりません」

だとしたら、別に乙矢が悪いわけではない、ということにならないだろうか。

「わからなくてもいいのです。いまわからなくても、いつかわかる時が来るかもしれない」

「ずっとわからないこともあるんですか？」

楓が聞くと、逆に国枝が問い返す。

「それは嫌ですか？」

「ええ」

楓がきっぱりと返事すると、国枝は破顔一笑した。

「わからないことの答えを探し続けることも、大事なことですよ。何もかも、簡単に答えがわかったら、つまらないじゃないですか」

そうかなあ。口には出さないが、楓は心の中で思っている。わからないことがすぐに解決する方がすっきりするのに。

「ともかく、乙矢くんの問題は乙矢くん自身で解決しなければなりません。私たちができることは、ただ見守ることくらいです」

見守ること。確かに、それくらいしか自分にできることはない。それほど親しくもないし、乙矢より弓道が下手な自分は、相談相手にもならないだろう。

「さあ、もう少し引きましょう。今度は立射で」

そう国枝に促されて、楓は矢を持ち直し、射場の定位置へと歩いて行った。

その後、お盆休みの間も二度ほど国枝に見てもらうことができた。毎朝ジョギングして弓道場をのぞくのだが、国枝以外の人間もいる時は気後れして近寄らなかった。本来は、無段の人間はこの時間に来る権利はないのだ。国枝は好意的に接してくれているけれど、たとえば笠原という女性のように、ほかの人も優しくしてくれるとは限らない。

早朝の時間帯にも練習する人はおり、国枝ひとりだけの日の方が珍しい、とわかった。そして、ほかの人たちも上手な人ばかりだ。そこに割って入る勇気は楓にはなかった。

そして、お盆休みが終わった。初心者教室も再開された。お盆を過ぎて終わりが見えてきた夏が、最後のひと暴れと言わんばかりに、暴力的な暑さが猛威をふるっている。そのせいか、出席者は少なかった。モローは日本の夏の暑さに参ったのか、フランスに一時帰国してしまったし、小菅も家の用があるそうで休んでいる。

そして、乙矢も欠席していた。

もしかしたら、国枝に言われたことがショックだったのだろうか、と楓は思った。

妹の善美にどうしているか聞こうと思ったが、なんでそんなことが気になるのか、と言われそうで、聞くことができなかった。

11

そうして新学期になった。相変わらず乙矢は休んだままだ。同じ高三の潤が、代わりに釈明する。

「乙矢はそろそろ受験だもんな。乙矢の高校は都立でもトップクラスの進学校だし、俺みたいに付属高校からエスカレーター式に上がれるわけじゃないから、ほんとなら弓道どころじゃないんだ。いままでよく練習に来てたよ」

だからこそ、乙矢はこの夏で参段に昇格したかったのだ、と楓は気づいた。自信もあったみたいだし、その分、失意は大きかっただろう。受験が終わるまで、乙矢は出てこないつもりだろうか。

弓道会は休んでも叱られない。自分のペースで参加すればいいから、ほとんど顔を見せない人もいる。部活のような強制力はないのだ。

このままずっと乙矢くんに会えないのかな。ちょっと寂しいな。

しかし、乙矢がいなくても、弓道会では新しい動きがあった。日曜日に新たにジュニアのための時間帯を設けるというのだ。

「平日は忙しくて途中参加しかできない、土日も参加したいという要望がジュニアの方からあったそうです。なので、日曜日の午後に、そういう時間帯を設けることにしました」

前田からその話を聞いた時、楓は『自分のことだ』と、直感した。自分が国枝に伝えたことが、弓道会の理事たちに伝わったのだろう。

「ただ、日曜日はご存じのように、週末しか来られない社会人が多く参加していますので。そういう人たちも同じ時間帯に練習しますので、射場を譲り合って使用することになります」

それを聞いたジュニアの反応は微妙だった。光は「日曜日は休みたい」と言うし、潤も「塾があるから来られないよ」とつぶやく。楓も複雑な思いだった。知らない男性がたくさんいるのは嫌だ、と思う。平日の初心者クラスは圧倒的に中高年の女性が多い。男性はモローさんくらいだ。だけど、私が言い出したことだから、私が行かないと国枝さんががっかりするだろう。ほかのジュニアが参加せず、私だけになったらどうしよう。

「それで、どなたがご指導くださるんですか？」

光が前田に尋ねた。

「日曜日のジュニアのクラスについては、白井さんが担当してくださいます」

聞いていたジュニアたちから、わっ、と歓声が上がった。白井は楓の参加した体験教室で模範演武をしたくらいの人物だ。この道場ではいちばん段位が上で、みんなから尊敬されていた。

「白井さんがご指導くださるというのはとてもラッキーなことです。皆さん、日曜日は忙しいと思いますが、奮って参加してくださいね」

はーい、と元気な返事が上がった。

「白井さんが指導してくれるなら、乙矢も参加するかな」

その後、片付けをしながら、光が楓に話し掛けてきた。

「そうだといいね」

「白井さんはうちの道場でいちばんうまい人だからな。いや、二番目か」

「いちばんは誰なの？」

「いちばんはきっと国枝さんだよ」

楓はどきっとした。国枝さんは、そんなにすごい人なのか。

「国枝さんって、どんな人なの？」

「私もあんまり会ったことないけど、国枝さんはうちの弓道会の創始者で、すごくうまいらしいよ。白井さんだって、国枝さんを慕ってうちの道場に入会したって話だし」

「白井さんが？」

白井は範士という、弓道で最も高い称号を持つ人だ。それより上ってどういうことだろう？

「国枝さんが尊敬されるのは、弓だけじゃなく、弓馬術もやってるからだよ」

「弓馬術って？」

「流鏑馬って知ってる？」

「ええ、なんとなく。馬に乗って、弓を引くやつでしょ？」

「そう、それのこと。国枝さんはそちらでも一目置かれる存在なんだって。都内の八《はち》幡《まん》さまの流鏑馬には毎年出ているんだけど、そちらでは現役最年長、伝説の人なんだって」

「へー、それはすごい」

流鏑馬は神社に奉納するものだ、って前田さんが言ってたっけ。

「国枝さんの流鏑馬姿、カッコいいだろうね」

馬上で弓を構える国枝の姿が、楓にはありありとイメージできた。

「見に行けるといいのに」

「行けるよ」

あっさり光が言う。

「ほんとに？」

「一〇月に八幡さまの流鏑馬があって、それなら誰でも見学できる。うちの弓道会からも、毎年何人か見に行ってるよ」

「そうなんだ。私も行きたいな」

「じゃあ、今年の流鏑馬、一緒に見に行こう」

「うん、楽しみ。それはそうと、日曜日の練習、光も来るの？」

「うん、まあ、なるべく行くよ。白井さんだし」

そう言っていた光だが、その週末、姿を見せなかった。直前になって『ごめん、これから映画を観に行く。みんなによろしく』とＬＩＮＥが来た。それを見て、楓も休もうかな、と思った。光がいなくて、周りが知らない男性ばかりだったら、ちょっと気が引ける。

「馬鹿なこと言ってないで、さっさと行ってらっしゃい。光ちゃんが休むたびに休んでいたら、ちっともうまくならないでしょ」

結局、母にそう言われて、家を追い出された。楓が道場に着くと、知らない男の子が弓に弦を張っていた。

「あなたが矢口さん？」

目が合うと、向こうから声を掛けられた。痩せてひょろっと背が高く、目の細い男の子だ。弓道着から手も足も少しはみ出ている。

「高坂《こうさか》賢人です、はじめまして」

「矢口楓です、はじめまして。あなた、中三の？」

塾があるから休んでいる子がいる、と光が言っていたのを思い出した。

「受験終わるまで来ないつもりだったけど、白井さんがご指導くださるって聞いて、参加することにしたんだ」

そんな話をしているところに、乙矢と善美が入って来た。やはり、白井の指導と聞いて、復帰を決めたのだろう。

「や、賢人だ、久しぶり。おまえ、また背が伸びたな。矢口さんも元気だった？」

乙矢は前と変わらない調子だった。楓はほっとした。国枝さんとのやり取りを聞かれたことで、乙矢が自分を敬遠しているのではないか、と恐れていたのだ。

「なんだよ、その水臭い挨拶は。それに、乙矢も最近休んでいるんだろ？」

「俺も受験生だからさ、弓道ばかりやってるわけにはいかないし」

「でも、白井さんの指導日には来るんだ」

「もちろん。俺、春からは大学生だし、そうなったらジュニアじゃないだろ？　白井さんのご指導が受けられなくなるから、その前にちょっとだけでも受けたいんだ」

いつもの乙矢だ、と楓は安堵した。国枝と話していた時のようなぴりぴりした感じはない。

それにしても、春からはジュニアじゃなくなるんだ。そうなると練習も一緒になることはないのかな。

それに気づいて、楓の胸はしくっと痛んだ。乙矢にあこがれて入会したのに、あまり会えなくなるのは寂しい。

「相変わらず熱心だなあ、乙矢は」

「賢人だって」

「あれ、乙矢に賢人、やっぱり来たんだ」

声を掛けてきたのは、中二の智樹だ。智樹は弓道四段の母に影響されて弓道を始めた子で、ジュニア最年少だが、今回の段級審査で初段に合格した。まだ声変わりしておらず、色白で背も低いので、女の子のようだ。

「おう、智樹、元気にしてる？」

賢人が智樹に尋ねる。

「うん、俺、この前の段級審査で初段受かったんだ」

「聞いたよ。おめでとう」

「二月の審査で弐段受けるつもり。賢人が休んでいる間に、絶対追いつくから」

「そんなにあせらなくてもいいだろ。時間は十分あるんだし」

それまで微笑んでいた乙矢の顔が、その言葉にわずかに曇った。

『何をそんなに焦っているのですか？』

国枝に言われた言葉を思い出したのだ、と楓は思った。

「さあ、もうそろそろ時間よ。着替えてない人は誰？」

前田の声がした。それを聞いて、乙矢と智樹は着替えのために奥に行った。

今日は、前田は指導を行わない日だ。わざわざ来たのは、白井の指導を見学するためだろうか、と楓は思った。

「白井です。これから二時間、ジュニアの皆さんの射を見せてもらいます。よろしくお願いします」

「よろしくお願いします」

ジュニア四人は白井を取り囲むように立っている。白井は柔らかな笑みを浮かべている。今日の的は四つ、安土に掛けられている。そのうち手前の三つはおとなの人たちが使い、奥のひとつと巻藁のうちのひとつをジュニアが使うことになっている。

「まずは皆さん、素引きをしてみてください」

四人が素引きをしていると、白井が楓に目を留めた。

「矢口さん、あなたは最近入会した方ですね。ここでちょっとやってみてください」

そう言われて、楓は白井の前に立った。執弓の姿勢から足を開き、弓を立てようとすると、いきなり注意された。

「ちょっと待って。足の開きが狭い。理想は身長の半分と言われているから、もうちょっと開いて」

身長の半分、八四センチ、というところだ。いままで思っていたより広い。

「足先は外八文字、それぞれの踵から後ろに伸ばした線が、六〇度に交わるように」

白井は三角定規のようなものを持ってきて、楓の足の間に置いた。正しい六〇度の角度をそれが示している。

「弓をうち起こして」

白井に言われた通りに楓は左手に弓を、右手に弦を持った手を上に掲げた。すると、いきなり白井が楓の肩を強く押した。ふいをつかれた楓は、一、二歩前によろめいた。

「押されて姿勢が崩れるということは、正しく立っていないということです。どうしたら、崩れないと思いますか？」

「えっと、まず背筋を伸ばす」

楓の答えを聞いて、白井はうなずく。

「それから？　どこを意識したらいいと思いますか？」

楓は自分の身体の内側に意識を向ける。

「えっと、足？」

「足の、特にどの辺かな？」

楓はさらに意識を身体に集中させた。

「足の裏。それから……腿《もも》の付け根の方？」

「そう、足の裏をしっかり踏みしめ、お尻の穴を締める。それだけかな」

そう言いながら白井は、足を開いて立っている楓の肩を、もう一度押した。今度はよろけなかったが、少し上半身が前に傾いた。

「あと、おなかの下の方……かな？」

「そう、おへその少し下の後ろの方、そこが丹田です。人の身体の中心の部分。丹田って言葉は知ってるかな？」

「えっと、聞いたことはある気がします」

「丹田に意識をおくと、上半身のほかの部分の力は自然に抜けるでしょう」

「あ、ほんとですね」

「それで身体は安定します。少し押されたくらいではよろけません」

また白井に押された。今度は後ろからでなく、横からだ。想定外の向きだったが、楓の身体はよろめくことはなかった。

「皆さんも、やってごらんなさい」

白井に言われて、ほかのジュニアたちも同じ姿勢を取る。それぞれの姿勢を直しながら、肩を押していく。乙矢と賢人は耐えたが、智樹はよろめいた。

「もう一度、丹田を意識して」

やり直すと、智樹もきれいな姿勢になった。今度は押されても耐えることができた。

「そう、この姿勢が基本になります。これを忘れないでください。弓を引く時も、それは変わりません」

「弓を引く時も？」

「はい。これがちゃんとできていないと、正しく引くことはできません。いい射になるかどうかは、立った瞬間に決まっているんです」

確かに、白井の模範射礼や国枝の射は、立った瞬間からぴしっと決まっていた、と楓は思う。どっしりして、揺るぎのない姿勢だ。

「丹田を意識する、これは日常でも役に立ちます。カッとなった時、緊張した時、丹田を意識して深く呼吸することによって、気持ちが落ち着きます。気持ちが動じなくなります」

「そんな効果があるんですね」

楓が感心したように言うと、白井は微笑んだ。

「すぐにはできないかもしれませんが、少しずつ練習していけば、だんだんできるようになります。上半身の力を抜き、丹田でゆっくり呼吸する。なるべく吐く息を長くする。日頃からそれを意識することです」

「日頃からって、弓道をやっていない時でも？」

楓はびっくりして尋ねた。

「そうです。弓道に含まれている動作は、日常でもできることです。それを分けて考えてはいけません。逆に、日頃ちゃんとできていないのに、道場でだけうまくできるでしょうか？」

「それは……」

確かに、動作はともかく呼吸のやり方はすぐには変えられないかもしれない。

「歩くとか立つとか座るとか、弓道の動作は楽ではないでしょう？」

「ええ、まあ」

「なぜかわかりますか？」

「さあ……。生活様式の違う昔の人の動作を真似しているから？」

たとえば正座だって、畳で食事していた頃はみんな毎日ふつうにやっていた動作だっただろう。いまはテーブルと椅子の生活が当たり前で、和室のない家も多い。楓自身の家にも和室はないし、正座する機会は滅多にない。

「それもあります。ですが、もともと弓道の動作は、武士の日常の動作がベースにあるからです」

「武士の動作？」

「武士の日常の動作は、なるべく合理的に、無駄のない動きが求められました。それに加えて身体を鍛える要素が入っているんです。昔は筋トレのようなものはなかったから、立ったり座ったり歩いたりする日常の動作が、そのまま鍛錬になるように心がけていたのです。たとえば、弓道の立ち方をすると、腿の筋肉を使うでしょう？」

「はい、確かに」

いつもなら正座から立ち上がる時には、手を床に着いたり、膝に添えたりする。だが、弓道の場合は手を使わない。足の筋力だけで立ち上がるのだが、意外とそれは力がいる。最初の一、二回は、若い楓でもふらついたくらいだ。

「昔は畳の生活ですから、一日に何度となく立ったり座ったりしました。そのたびにこういう立ち方をしていれば、自然と足腰の筋肉が鍛えられる、そう思いませんか？」

「確かに、そうですね」

「こういう立ち方をすると、着物の裾も乱れません。見た目にも美しい。それに、きちんとした所作をすることで、だらけた精神も引き締まります。ですから、日常の動作と弓道の動作は地続きなんです」

「日常の動作と地続き……」

楓には、なんだか難しいことのように思える。いまの時代、武士の作法なんて無用のものだ。それに倣《なら》う必要があるのだろうか、という気もする。そうした楓の戸惑いを見て取ったのか、白井は微笑んだ。

「ちょっと難しい話をしましたね。最初はわからないかもしれませんが、続けているうちに、その大事さがわかってくると思います。いまは正しい形を覚えることです」

「はい」

「さあ、もう一度、最初の執弓の姿勢からやりましょう」

白井に言われて、楓は丹田という場所を意識しながら立ってみた。気のせいか、身体の中に力が満ちてくるような気がしていた。

そうして、練習が終わった後、道場の掃除をした。いつもなら、箒《ほうき》とモップでゴミを払う程度だったが、白井は拭き掃除をやると言う。

「掃除だって、身体を鍛える手段になるんですよ。見ててください」

そう言って白井は弓を引く時と同じように足を広げ、腰から前に屈《かが》んで身体をふたつ折りにして、手に持った雑巾を左から右へ、右から左へと動かす。そうして二回拭くと、少し後ろに下がって、また自分の前を左右に拭く。いままでやっていた雑巾がけ、両手で雑巾を押さえて、まっすぐ前に進むやり方とは全然違っている。

「やってみてください」

みんなはおもしろがって用意された雑巾を手に取った。そうして、横並びになってやってみた。

「これ、結構キツい。足腰使う」

ほんの数回やっただけで、智樹が起き上がって言う。

「うん、それに柔軟性を高めることができるかも」

乙矢はそう言いながら、手を休めない。楓もやめたいと思うが、乙矢が続けているのでそのまま続ける。

「わかりましたか？　ちゃんと気持ちを込めてやれば、日常生活も鍛錬になるんです」

「でも、昔の武士はいばっていて、家事はみんな奥さんまかせ。掃除なんて、やらないと思っていました」

思ったことを楓がそのまま口にすると、白井は苦笑した。

「そんなことはありませんよ。自分の身の回りを清潔に保つということは、生活の基本ですから。私も毎朝拭き掃除をするのが日課です」

「えっ、毎日？」

　みんなはざわついた。

「皆さんに強制はしませんが、せめて私の指導の日くらいは、こういう掃除をすることにしましょう。みんなでやれば、すぐに終わりますからね」

「はーい」

　そうして、時間いっぱい拭き掃除を続けた。床は古びて、塗料もあちこち剝げているが、雑巾で磨くと少し輝きを取り戻したように見えた。


「へえ、立つことに、そんな意味があるんだ。そういえば、大河ドラマでも、武士が立ち上がる時は手を使わない。胡坐《あぐら》からすっと立ち上がっているね」

　夕食の時間に習ったことを話すと、父が感心したように言う。父は楓が弓道で習う内容に興味を持ったようで、練習の話を聞きたがる。

「うん、弓道はただ礼儀にうるさいだけだと思っていたけど、そうやって意味まで教えてくれると、ちゃんと納得できる」

　今日は的前での練習は少なく、射法八節や歩き方を個別にみっちり指導された。それでも充実した気持ちになったのだ。

「それはいい先生だね。なかなかそこまで教えてくれる先生はいないよ」

「剣道ではそういうこと、教わらなかったの？」

剣道こそ武士のたしなみだったはずだ。立ち居振る舞いにも同じ意味があるだろう、と楓は思う。

「剣道は竹刀を持っているから、当然足の力だけで立ったり座ったりするけど、それを日常動作と結びつけて考えたことはなかったよ。丹田を意識して、という話は聞いたことがある気がするけど」

「丹田って、つまり腹筋のこと？」

話を聞いていた弟の大翔が口を挟む。

「うん、まあ、そうとも言えるかな。下腹のいちばん中心の部分」

「腹筋だけじゃなく、体幹を鍛えるっていうのは、現代スポーツでは常識だよ。体幹が強くないと、サッカーでもバランス崩しやすいし、いいパフォーマンスができないんだ。だから、トレーニングメニューの中に体幹を鍛えるストレッチが組み入れられてるよ」

大翔は得意げに言う。自分の方が科学的な練習をしている、と言いたいのだろう。

「そういうのとは、ちょっと違う気がするんだけど……」

まだ習ったばかりなので、楓にもうまく説明ができない。すると、父が横から助け船を出す。

「効率よく身体を鍛えるという考え方とは、ちょっと違うんだよ。武士道の場合は生きる姿勢みたいなことと直結してるんだ。西洋で生まれたスポーツとは考え方が違う」

「だけど、古い考え方でしょ？　武士なんていまどきいないし」

「古くからずっと伝わってきたやり方には、優れたところが必ずある。平常心を保つとか、自分を律するとか、現代でも必要なことだし、それを磨くのが武道の目的でもある。弓道を通じてそういうことが身に付くなら、素晴らしいと思うよ」

父が弓道を高く買ってくれるのは嬉しいが、楓にはその期待がちょっと重い。大翔のサッカー同様ただの趣味なのだ。ちょっと大げさな気がする。

「せっかく習っているんだ。毎日の生活でも弓道のやり方をちょっと心掛けるといいと思うよ」

「たとえば？　うちには畳ないし、弓道のやり方はできないよ」

「そうだね。だけど、常に背筋をまっすぐにしようと心掛けることはできるし、ソファから立ち上がる時、手を使わず足だけで立ち上がろうとするだけでもいいんじゃないか」

「えーっ、そんなの簡単だよ」

大翔がソファに座って、ぴょんと立ち上がる。

「いやいや、反動をつけず、前屈《まえかが》みにならないように、ゆっくり立ち上がってごらん」

父に言われて、大翔が再びソファに深く腰掛けた。そして、スローモーションのようにゆっくり立ち上がった。

「あ、これだと確かに腹筋と足の筋肉も使うわ。スクワットと同じ要領だね」

真似して楓もやってみる。

「ほんとだ」

「でもそれ、パパもやる方がいいんじゃない？　おなか周りを引き締めた方がいいのは、子どもたちよりパパの方」

横で聞いていた母が、からかい口調で言う。

「そうだな。俺もやるか」

「じゃあ、うちではこれから立ち上がる時、手を使うの禁止」

大翔が宣言すると、母が素っ頓狂な声を出す。

「えーっ、私も？」

「ママだって、少しおなか周り鍛えた方がいいよ」

「そうねえ、私もやってみるかな」

母はそう言って、ソファに背中を伸ばして深く座り、両手を前に出した姿勢でゆっくり立ち上がった。

「あ、ほんとだ。これだけのことなのに、意外と力がいる。スクワットと同じで、ゆっくりやればやるほど負荷が掛かるね」

母もおもしろがっている。

「これでおなかのぜい肉が取れるかしら。ついでに腹筋もやったら」

「これだけじゃ無理だよ。これなら毎日続けられそうじゃない」

「わざわざやるのもね。これなら毎日続けられそうじゃない」

そうして、しばらく家族で順番にソファに座ったり、立ったりした。そうして、最後には笑いながらみんなソファや床に倒れこんだ。こんな風に家族の会話のネタになるなら、弓道の面倒なやり方も捨てたもんじゃない、と楓は思っていた。

12

その日、授業が終わると楓はいつものように教室を出て、下駄箱の方へ向かおうとした。長い夏休みが終わり、ようやく日常の生活ペースに慣れて来た頃だ。

廊下に出たところで楓は「矢口さん」と呼び止められた。振り向くと、同じクラスの岡部《おかべ》太一《たいち》がいた。岡部はサッカー部のホープで、一年生なのにレギュラーで試合に出て活躍している。今もサッカー部のユニホームを着ている。気さくな性格で外見もまあまあなので、女子人気が高い。だが、楓はまだ会話らしい会話をしたことがない。

「あの、矢口さんって、七組の真田善美さんの友だちなんだって？」

ちょっと照れたように岡部は切り出した。ああ、やっぱりそういうことか、と楓は内心思っている。

少し前に、東京ローカルのテレビ局の番組で、楓たちの住んでいる街が特集された。その時、弓道場のある神社が紹介され、楓たちの弓道会の練習風景も映った。その時、善美がアップで映されたのである。東京ローカルとはいえ地上波のゴールデンタイムの放映だったので、気づいた人も多かった。校内では弓道美少女として善美が再認識され、凜々しいその姿は学校中の話題になった。

「よければ今度、紹介してくれないかな」

そういった相談を受けたのは、これで三度目だ。善美はクールビューティという呼び名があるくらいで、近寄りがたいとまわりに思われている。それでからめ手から攻めようとして楓に近づいてくる。楓はあまりおもしろくない。なんでろくにしゃべったこともない自分に頼もうとするのだろう。

善美が映った映像の後ろの方に、実は楓も映っていた。新人の練習日だったのだ。だが、それに気づいたのは汐里たち同じグループの友だちくらいで、あとはみんな善美のことばかり話題にしていた。頼みごとをしてくるくせに、私にはこれっぽっちも関心がないのだ、と楓は思っている。

「紹介してくれるだけでいいんだ。あとは自分でなんとかするし、矢口さんにも悪いようにはしないから」

照れながらも、ちゃんと目を見て話し掛けてくる。この人は自分に自信があるんだろうな、と楓は思う。勉強も運動もできて、外見もまあまあだし。

善美に断られるとは思っていないんだろうな。

「じゃあ、善美に聞いてみる。善美がいいと言ったら、紹介するね」

聞かなくても返事はわかっている。だが、自分が言っても納得はされないだろうし、とばっちりを食うのは面倒なので、そう答えることにしている。

「ありがとう。じゃあ、頼むね」

無邪気に微笑む岡部を見て、楓はチクリと胸が痛む。岡部が立ち去ると、楓は下駄箱の方へ行く。善美がすでに来て、楓を待っていた。楓は状況を説明した。

「どうする？　岡部くんにも会わないつもり？」

「会わない」

善美の返事はそっけない。

「ねえ、なんで会おうとしないの？　岡部くんはわりといい人だと思うけど」

「面倒だから」

善美はいつものように、最小限の言葉で返事する。

「だけど、私の身にもなってよ。岡部くん、がっかりするだろうし、なんでかって聞かれて、私が説明しなきゃいけないし」

「だったら、なぜ最初に断らないの？　そういうのは嫌だって」

「それはそうだけど」

そんな風にはっきり言えたらいいのに、と思う。だけど、相手は怒るかもしれないし、自分のことを悪く思うかもしれない。そういうことは、やりたくない。

「直接私に言ってこない人間には興味ないし、会うつもりもない。私がそう言ってるって伝えればいいのに」

「そんなきついこと、私には言えない」

「じゃあ、仕方ないじゃない」

「そうだけど……」

なんで善美のせいで、私が気まずい思いをしなきゃいけないのか。

「楓はどうして嫌だと思うことを引き受けるの？　相手に悪く思われたくないから？」

「それは……」

図星だ。返答のしようもない。だけど、それのどこが悪いのだろう。相手に悪く思われたくないって、当然のことじゃないか。

「長引かせるよりさっさとダメって言った方が、相手にも都合がいいんだよ。そっちの方が、早く次に進めるし」

善美のドライな言い方に、楓はカチンときた。

「善美がダメだったから次、なんて、人の気持ちはそんなに簡単に切り替わらないよ。善美のこと好きだったら、しばらくダメージ引きずるだろうし」

なぜか自分が岡部の擁護をしている。岡部の気持ちなんかわからないのに。

「そうでもないよ」

「へっ？」

「ろくに知りもしないのにつきあってくれって言うのは、結局ダメ元でしょ？　うまくいけばラッキーだし、いかなくても仕方ない。記念受験みたいなもの」

「記念受験って……」

たとえがぶっ飛んでいるが、わからないことはない。

「だから、いちいち楓も気にすることなんてないよ。どうせ私が断ったら、すぐ別の子のところに行くんだから」

そのさばけた口ぶりには、はっとするような痛切な響きがあった。

しかし、善美はいつものように無表情だ。顔立ちが整っている分、能面のように作り物めいていて、感情の揺らぎが見通せない。だが、顔に出さないからといって、善美が傷ついていないとは誰が言えるだろうか。

好きだ、つきあってほしいと告白されても、本気度なんてそんなもの。自分じゃなくてもかまわない。

自分に寄って来たのは人目につく美人だから。話題の人だから。つきあったら自慢できるから。それだけのこと。

もしかしたら、善美はそんな風に思っているのだろうか。

「さあ、もう行こうよ。時間遅くなるよ」

善美はそう言うと、足早に歩き出した。人を寄せつけまいというように肩を怒らせて歩く善美の背中を見ながら、楓も歩き出した。


結局、楓は岡部に紹介することを断った。

「善美はシャイだから、全然知らない人とは会いたくないって言われた」

「えーっ、だけど、最初はみんな他人じゃん。入学して来た時は全然知らない同士だけど、半年すれば仲よくなってるじゃない。堅苦しく考えなくても、友だちが増えるって思ってくれればいいのに」

明るくて友人の多い岡部らしい発言だ。スポーツマンで外見にも恵まれている岡部は、人から好感をもたれやすい。初対面の人とも簡単に結びつくことができるのだ。

「私もそう思うんだけど」

「だったら、矢口さんも協力してよ。カラオケとかでさりげなく俺も一緒になるようにするとかさ」

そして、そういう人間は悪意なくこういう要求をする。なぜ岡部と親しくもない自分が、そこまでやらなきゃいけないのだろう。

「ごめんね。そういうことしたら、善美に嫌われちゃう。彼女、結構めんどくさい性格なんだ」

「そうなんだ。じゃあ、仕方ないね」

岡部はさほどがっかりした様子でもない。〝ダメ元〟という善美の予想は、事実だったのだろう。

「面倒なこと、頼んでごめん」

「いいよ、そんなこと。こっちこそ力になれなくてごめん」

楓もつい謝る。勝手に頼み事をしてきたのは岡部だけど、こうして謝らないとなんとなくいけない気がする。

なんでだろう？　ふと、楓は疑問に思った。自分が悪いなんて、ちっとも思ってないのに。むしろ、やっかいな頼まれごとをされて、迷惑だと思ってるくせに。

謝った方が、その場がうまくおさまるから。

そっちの方が女の子らしいから。

自分は岡部くんに興味があるわけじゃないのに、よく思ってもらいたいんだ。

「俺、部活に戻るわ」

そう言って、足早にグラウンドの方に駆けて行く。楓も、もやもやする気持ちを抱えたまま、善美が待つ玄関口へと速足で向かって行った。


その週末の日曜日、練習が終わって片付けをしていると、楓は乙矢に話し掛けられた。

「話したいことがあるんだけど、この後、ちょっと時間ある？」

「あんまり長くならなければ」

夕方の六時である。家で母が食事を作って待っている。すぐに帰りたいところだが、乙矢の話も気になる。

「うん、ほんの一〇分くらい」

それで、一緒に道場を出ると、神社の境内の方に行き、隅のベンチに腰掛けた。

こうして並んでいると、カップルみたいだ、と楓は妙に胸が高鳴るのを覚えた。でも、乙矢の表情には憂いを感じる。浮かれた話ではなさそうだ。

「あの、善美のことだけど」

その日、善美は風邪を引いたということで、練習を休んでいた。

この前は岡部に善美のことで相談された。今度は乙矢の番か、と楓は少ししらける気持ちだった。

みんな、そんなに善美のことが気になるのか。楓はちょっとうらやましいような、悔しいような、もやもやする気持ちだった。

だが、乙矢は意外なことを口にした。

「あいつと友だちになってくれてありがとう」

「えっ、そんな、お礼を言われるほどのことじゃないよ」

友だち、と言えるほど親しくないし、彼女の役に立ってるわけでもない。

「むしろ、こっちの方が助かっているというか。善美のおかげで、弓道サボらずに来られているし」

それは事実だった。弓道会はサボってもサボらなくても自己責任なので、叱られることはない。もし善美がいなかったら、めんどくさくなって足が遠のいたかもしれない。

だが、乙矢は楓の言葉を社交辞令と受け取ったらしい。表情は硬いままだ。

「あいつ、ちょっと変わってるだろ？　あまり人の気持ちを考えないというか。だから、女の子の友だちをあんまり作れなかったんだ」

「それは……善美が美人だから、近寄りがたいのかも」

「そんなに美人じゃないよ。だけど、わりと目立つみたいで、中学では意外とモテたらしい。それで、同性にやっかまれたみたいだけど、それだけじゃない。やっぱりあいつ、ちょっと変なんだ。友だちいなくても、全然気にしないし」

「ああ、確かにマイペースなところあるね。最初に私を弓道場に誘ってくれた時も、下駄箱で待ち伏せしていて、いきなり一緒に行こうって言われたんでびっくりした」

「そうだったんだ。そういうところがなあ、あいつは……。でも、矢口さん、よくそれでつきあってくれたね」

「うん、まあ、暇だったし、誘ってくれたのはありがたかったし」

もし、強引に善美に連れて来られなかったら、きっと弓道場に来ようとは思わなかっただろう。だから、いまでは善美の強引さに感謝しているくらいだ。

「そんな風に言ってくれるの、矢口さんくらいだよ。善美は人との距離の取り方が下手なんだ。ふだんはそっけないくせに、相手に関心持つといきなり距離を詰めてくる。だから、びっくりされることも多いんだ。それで、嫌われたり、面と向かって悪口言われたりしたから、最近ではあまり人と関わらないようにしてるらしい」

「ああ、そうなんだ。それで、いつも学校ではひとりなんだね」

「最初は友だちになろう、と相手から好意的に近づいて来ても、結局は嫌われて、離れて行くというのを繰り返しているうちに、めんどくさくなった、と言っていた」

「そうかな。善美はきっと、これ以上傷つきたくない、って思ったんじゃないかな」

楓は岡部との一件を思い出していた。

あの時の善美の投げやりな言葉。それに込められた痛切な響き。その時思ったことを、なんとか言葉にして乙矢に伝えたかった。

「善美は感情を出さないけれど、何にも感じないわけじゃない。一方的に好意をもたれたり、嫌われたりして、心がかき乱されないわけないもん。そういうことが何度もあるって、結構しんどいんじゃないかな」

乙矢ははっとしたように楓を見た。その顔を間近で見て、やっぱり善美と似ている、と楓は思った。だけど、受ける印象は違う。善美が陰としたら、乙矢は陽。善美同様人に好意を持たれやすいが、それを本人も喜び、素直に受け入れるのだろう。

「矢口さん、ほんとにありがとう」

乙矢の顔がみるみる明るくなる。

「善美は矢口さんのことを信用できる、と言っていた。善美のこと、ちゃんと理解してくれているんだね。そういう友だちができて、兄として嬉しいよ」

「そんな、別に、特別じゃないよ」

そんなに親しくもないし、という言葉を楓は呑み込んだ。乙矢の顔がとても嬉しそうだったからだ。

それにしても、善美が自分のことをそんな風に言ってることに驚いた。そこまで親しく話したことはないのに。

「乙矢くん、意外と心配性なんだね」

「うんまあ、うちは父が早くに亡くなっているし、母も働いているから、善美のことは俺が守らなきゃ、と思ってるんだ。善美には、過保護と言われたりもするけど」

乙矢たちの父がいない。それは初めて聞く話だった。噂《うわさ》では地元でも有名な大地主の家だというから、苦労知らずのおぼっちゃんだとばかり思っていた。その家というのは、お祖父《じい》さんの家なのだろうか。

「兄妹ふたりとも弓道やろうなんて、ほんと仲がいいんだね。うちの弟は、私と同じスポーツは、絶対やらないと思う」

「弓は、亡くなった父がやっていたんだ。子どもの名前にまで弓道にちなんだものを選ぶくらいだから、父にとって弓は大事なものだったはずだ」

「だけど、おかあさんはあまり弓道が好きじゃないんだね」

「母にとっては、弓道はつらい思い出と結びついているから、仕方ないんだよ」

つらい思い出ってどういうことなのだろう、と楓は思ったが、乙矢は目を逸らした。それ以上は触れてほしくないようだった。

「親に反対されても、乙矢くんは弓道をやりたかったんだね」

「うん、乙矢という名前を授けられたんだから、やらないわけにはいかないよ。善美もそうだってことは、僕が弓道始めるまで気づかなかったけど」

「おとうさんが弓道されているところ、覚えている？」

それを聞いた乙矢の目が一瞬、空を泳いだ。だが、すぐに微笑みを浮かべた。

「うん、覚えている。四歳の頃、一度だけ父が練習するところを見に行った。すごくカッコよかった。……ほんとのところ、父のことで覚えているのはそれだけなんだ」

「そうなんだ」

「それしか覚えてないから、僕の中では父と弓道が結びついている。弓道をすることが父と繋がりを感じる唯一の手段のように思えるんだ」

楓は胸を衝《つ》かれた。

そんな風に、息の詰まるようなひたむきな想いを持って、乙矢が弓道に取り組んでいるとは思わなかった。善美にしても、きっと同じなのだろう。

暇だから始めた自分とは、あまりに違いすぎる。

「ごめん、ちょっと話が重くなっちゃったね。始めたきっかけがそうでも、僕が弓道をやっているのはやっぱり弓道が楽しいからだよ。そうじゃなかったら、続けられない」

楓の思いをくみ取ったのか、乙矢はそんな風に弁明した。楓もそれ以上話が重くならなくてほっとした。

「そうだよね。楽しくなければ続けられないよね」

その時、楓のスマホがＬＩＮＥの着信を告げた。画面を見ると、母から「まだ帰らないの？」というメッセージが入っている。

「いけないい、そろそろ帰らなきゃ」

「そうだね、引き止めてごめん」

「ううん、近いから大丈夫」

そうして、ふたりは立ち上がり、鳥居に向かって歩いて行く。

「そうだ、僕、来週から日曜日の練習も休みにする」

「え、やっぱり受験？」

「うん。いままでは週一回の息抜きと思って来てたけど、そろそろスパート掛けないといけないしね。だから、その前に矢口さんに善美のこと、話ができてよかった」

「そっかー。じゃあ、受験が終わるまで会えないね」

胸がちくりと痛む。自分にとって乙矢は、友人の兄というより、弓道を始めた時からのあこがれの先輩だ。乙矢にまったく会えなくなるのは寂しい。

「あ、だけど国枝さんの流鏑馬だけは見に行こうと思ってる」

「そうなんだ。じゃあ、私も行こうかな」

「うん、会場で会おう」

そうしてにっこり微笑んだ。それはいつもの屈託のない、好青年という言葉がぴったりの顔だった。

13

「来週、弓道具を買いに行くけれど、一緒に行く人はいますか？」

週末の練習の時、前田がみんなに問い掛けた。

「私、行きます」

「私も」

何人かが手を挙げる。

「前田さんと一緒に行くと、割り引きしてもらえるんだよ。弓具店のお得意さまだから」

こっそり光が耳打ちする。

「楓もそろそろカケとか矢を買った方がいいんじゃない？」

光の方は、カケと矢のほか、弓まで持っている。

「そうだね。矢はそろそろ欲しいなあ」

以前国枝に自分の矢を持て、と言われていたのを思い出した。長さも状態もバラバラな弓道場の矢の中から、そのたびごとに使える矢を探すのも結構面倒だ。自分の矢があれば、その手間はなくなる。

「矢だけじゃなく、カケも絶対自分のを持っていた方がいいよ」

光が強く勧める。

「だけど、カケは高いんでしょ」

いまのところ弓道会が所有しているものの中から、カケと弓はいつも同じ番号のものを使わせてもらっている。自分のサイズに合っているものなので、わざわざ買わなくても不自由は感じていない。

「まあ、そうだけど、弓道やる以上、最低限の道具は必要だよ。バットとグローブを持たないで野球の練習はできないでしょ。テニスだって、ラケットとボールは必需品だし。弓道だってほんとは弓から何から自分のを持った方がいいんだよ」

「そうか、そういえばそうだよね」

中学の時、テニスのラケットは欲しいと言えば親に買ってもらえた。きっと、カケも大丈夫だろう、と楓は思った。

「楓ちゃんも行く？　私もカケを買おうと思うんだ」

三橋が言う。三橋はすでに自分の矢は持っている。三橋の相棒だった田辺は、ついに弓道会に来なくなってしまった。三橋も一緒にやめてしまうかと思われたが、彼女の方はなんとか続いている。カケを買うということは、これからも続けるつもりがある、ということだろう、と楓は思った。

「はい、私も行きたいです。矢とカケを買いたいと思うので」

「矢を買うんなら、それをしまっておく矢筒もいるよね。それから、弦と弦巻《つるまき》も買った方がいいよ。自分の弦で練習するのも大事だし。あと、胸当てもね」

光が横からアドバイスする。楓は道場の弓に付けられている弦をそのまま使っている。だが、弓を持っていなくても弦だけは自分のものを持ち、そのたびごとに張っている人もいる。

「だとすると、結構買うもの多いんだね。矢と矢筒、弦と弦巻、胸当て、カケ。あ、下ガケもいるんだっけ」

「下ガケはたぶんカケを買うとサービスでつけてくれると思う。たぶん、カケ袋も」

「わ、全部買うとなると、結構な金額だね」

「まあね。だから、私は前回カケを我慢したの。一度に買うと家計に響くし」

三橋さんは主婦だから、自分の好きなようにお金が使えるのだ、と楓は思った。うちの親は許してくれるだろうか。弓道にはお金が掛からない、と喜んでいたけど。

そもそも、全部買うといくらになるのだろう。

楓は帰宅した後、ネットで金額を調べてみた。弓具にもピンからキリまであって、値段もバラバラだ。だけど、碟《ゆがけ》は革でできているので、それなりの値段はする。全部一度に揃えると、楓のおこづかいの一年分くらいは掛かりそうだ。

おかあさん、許してくれるかな。

楓は夕食後、母の機嫌のよさそうな時を見計らって、おずおずと切り出した。

「あのね、おかあさん」

楓はスマホで写真を見せながら、ひとつひとつの道具の説明をした。

「なので、これから弓道続けていくためには、どうしてもこれが必要なの。だから、買ってほしいの。お願い」

「このほかに、弓もいるんでしょ？」

「弓はまだいらない。段を取ってからでいいんだって。だけど、段を取るための練習をするにも、自分の矢がないとダメなんだよ。そのたびごとに長さが違うんじゃ、お話にならないし」

「弓はもっと高いんでしょ？」

「うん、まあ。この道具全部足したくらいは掛かると思う」

「やっぱりね。弓道も結構お金が掛かるのね。テニスやるより安く済むかと思ったけど」

母は溜め息を吐く。

「だけど、一度揃えてしまえば、弓具は何年も持つんだって。カケや弓は何十年も使えるんだよ。だったら、結局は安く済むと思わない？」

「あなた、何十年も弓道続けるの？」

「えっ？」

「買うのはいいけど、一、二年でやめるとしたら、ちょっと高額すぎない？　いまは学校の部活代わりに行ってるけど、それも受験勉強が始まるまでのことでしょう？　大学入ったら、別のことやりたくなるかもしれないよ。大学にはサークルがいっぱいあるんだし」

　楓は返す言葉がない。実際、いつまで続けるつもりなのか、ちゃんと考えたことはなかったのだ。

「いままでも借りた道具でなんとかなってたんだから、このままでいいんじゃない？　受験態勢に入る高二の秋まで一年しかないし」

「だって、みんな自分のを持ってるもん。ジュニアの友だちだって、自分のカケや矢を使ってるよ。いつまでも借りたものを使ってる子なんていないよ」

「だから、本気で楓は弓道を続けるつもりなの？　大学入ってもちゃんとやるって約束できるなら、ちゃんと買ってあげる」

「だったら、やる。大学入っても弓道続ける」

「ほんとに？」

「ほんとだよ」

母は楓の顔をじっとのぞきこんだ。あまりにまっすぐ顔を見られるので、楓はつい目を伏せた。

「あまり信用できないな。テニスだって一生続けると言ってたのに、あっさりやめちゃったし」

母は痛いところを突いてきた。確かに、中学時代ラケットを買う時にも『ずっと続けるから』と言って頼んだのだった。

「いまは興奮しているから、その気になってるかもしれないけど、ほんとは続けられるか、自分でも自信ないんじゃないの？」

楓は無言で下唇を突き出した。やると言っても信用してくれないし、やらないと言えば『だったらいらない』と言われるだろう。

結局、母は買う気がないんじゃないだろうか。買いたくない理由を、私のやる気にこじつけているだけじゃないか。

「この件、もうちょっと考えましょう。パパの意見も聞いてみたいし」

そう言って母は話を打ち切った。楓は仕方なく自分の部屋へと戻って行った。

しかし、結局弓具は買ってもらえることになった。話を聞いた父方の祖母が、楓の味方をしたのだ。

「確かにね、続けられるかどうかなんて、いまはわからない。だけど、私は楓に弓道を続けてほしいと思うんだよ。道とつくものは普通の楽しみとは違う、それこそ一生続けられるたしなみだからね。私自身も茶道を長年続けてきたことが自分の財産だと思っているし、楓にもそういうものをひとつ持ってほしいと思うの。そのために必要な道具だったら、私が出してあげる。たとえ一年二年しか続かなくても、ちゃんとした道具でお稽古するのはとても大事だし」

祖母はそんなふうに母を説得した、と楓はあとから聞いた。だが、それに続く言葉を、母は楓には伝えようとはしなかった。

「自分がほんとうに気に入った道具を持っていれば、一時的に弓道を離れたとしても、また戻ってこようと思うきっかけにもなる。流行に関係ない、何年も使えるものを自分で所有するってことは、それだけの重さを背負うということにもなるんだよ」

なんとなく楓にへんなプレッシャーを与える気がしたし、祖母の言うことが、母自身にはぴんとこなかったからだ。

ともあれ、祖母が弓具代は出す、と言ったので、両親に反対する理由はなかった。

「おばあちゃん、ありがとう！」

両親に言われて、お礼かたがたお金を受け取りに、祖母の家まで出掛けて行った。楓たちの住む駅と同じ路線にあるが、もっと都心寄りの駅だ。駅からは徒歩一五分ほど、閑静な住宅街にある古い木造家屋だった。大きい家ではないが、家の中はもちろん庭の隅々まで掃き清められ、雑然としたところは家中どこにもない。掃除や整頓があまり得意でない楓の母は、「ご立派すぎて行きづらい」と言って、あまり寄り付こうとしない。楓と大翔も、それで自然と訪ねる機会は少なかった。

「いやいや、おばあちゃんは楓が弓道を続けることを応援したいからね。何をやるにも道具は大事だよ。安物を買うんじゃないよ。ちゃんと自分に合う、いいものを買いなさいね。お金はちゃんとあげるから」

「うん、わかった」

その日、祖母は着物を着ていた。藍色の地味な木綿の着物で、帯も簡単に着脱できそうな幅の狭いものだ。着物なのに普段着みたいだ、と楓は思った。それが薩摩絣《さつまがすり》という高級品だということは、着物に疎《うと》い楓は知らなかった。

「弓はまだいらないの？　なんならいっしょに買ってもいいんだよ」

「弓を買うのは初段を取ってからにする。みんなそうしてるみたいだし、まだ弓を引く形も安定してないから」

「そう、じゃあ楓が段を取るのを楽しみにしてるよ」

そうして祖母は、楓が頼んだ金額よりさらに上乗せした額を渡してくれた。

「こんなにたくさん」

「余ったら、お釣りを返してくれればいいよ。だけど、くれぐれも安物買いはしないようにね」

そんな風に祖母に言われると、逆に無駄遣いはできない、と楓は思った。そもそも初心者にはそれほど選ぶ余地はない。カケと矢については上をみればキリがない。特注で自分に合う形に作ってもらったり、素材をグレードアップすればいくらでも高いものになる。さすがにそこまでの道具は必要ない、と楓は思った。下手なのに、変によい道具を持っているのは悪目立《わるめだ》ちする。高級品はもっと上達してからでいい。

それで、みんなが使っているのと同じくらいの、一般的なカケと矢を購入した。カケは誂《あつら》えたように手にぴったり合ったし、真新しい本革は黄土色《おうどいろ》が艶《あで》やかでとても美しい。矢も矢羽根が焦げ茶色で、矢羽根を留める本矧《もとはぎ》の部分はきれいなブルー。シックで素敵だ、と思った。矢を入れる矢筒もいろんな色があったのだが「あまり派手な色のを選ぶと、嫌みを言う先輩もいるらしいよ」と光に耳打ちされて、無難な紺ののを選んだ。

それでも、新品の道具を揃えたのは嬉しい。弓道場に行くのが楽しくなった。自分の道具を持ったことで、確かに一段階進んだ気がした。間に合わせの矢では筈がうまく入らなかったり、矢の長さがまちまちだったりしてそのたびごとに少しずつ感覚が変わったが、自分の矢ではそれがない。だから、よけいなところに気遣いすることなく、射に集中できる。

同時に自分の道具を持つことは、自分自身で管理すべきことが増える、ということでもあった。弦はそのまま弓に張っただけでは使いものにならない。弓の上部に引っ掛けるための弦輪を作ったり、中仕掛けを作ったりしなければならない。矢筈の太さはそれぞれ微妙に異なるので、自分の矢に合った太さに麻を巻いて調整するのだ。この中仕掛けを作るのが、初心者には難しい。ほんのちょっと巻きすぎただけで筈が入らなくなるし、細すぎると筈こぼれしてしまう。ちょうどいい、と思っていても、何射かするうちに合わなくなって作り直しが必要になったりする。いままでは弓に張られていた道場の弦を使っていたので、狂いがあれば先輩に調整してもらっていたが、自分の弦となるとそうもいかない。

さらに、いままでは使った弦は弓に巻き付けてそのまま弓袋にしまっていたが、自分の弦は毎回使用後には弓から外して弦巻に巻き取らなければならない。自分の弦があるのは誇らしいけど、ちょっと手間だな、と楓は思った。

「誰、こんなところにカケを置きっぱなしにしたのは？」

前田が声をあげる。その視線の先には、床にだらしなく転がった楓のカケがあった。

「すみません、私のです」

楓が慌ててカケを拾いに行った。休憩時間になったので、いちはやくみんなにお茶を淹れなければ、と慌てたのだった。

「カケは床には置かないのよ。そのために置き場もあるし、それが遠かったらせめてテーブルの上に置きなさい。買ったばかりの新品でしょう？」

「はい、すみません」

「それに、外した紐はちゃんとカケに巻き付けて。ほら、こんな風にぐちゃぐちゃになってるとだらしないでしょう？」

「すみません」

前田さんはちょっとめんどくさいな、そういう楓の気持ちが表情に出ていたのかもしれない。前田は楓の目を見ながら、はっきりした言葉で語り掛ける。

「あのね、よけいなことかもしれないけれど、弓道をやっていると、その人の日頃の態度が見えてくるのよ。射そのものでもそうだけど、カケの扱いひとつとってもだらしないとか、雑だとか、細かいところに神経を配ってない、とかわかってしまうの。あなたは何か動作をやる時、全部やり終える前に視線がほかのところに移っている。意識が次に向いているの。だから、やることが雑になるのね。せっかく弓道をやっているのだから、ひとつひとつ丁寧にやりなさい。そして、自分の道具はこころを込めて扱うようになさい」

そう言われて、楓は水を掛けられたようにハッとした。そんな風に言われたのは、初めてのことだった。ほかの人たちのカケを見た。ちゃんと紐を巻いてきれいに置いている人がほとんどだ。とくに女性の先輩たちはみんなきちんとしている。ほかの道具の扱いも観察してみる。弓袋をきれいに畳んでいるか。弦をきれいに巻き取っているか。着てきたコートやジャケット、持って来た荷物はどんなふうに置いているか。

ひとつひとつほかの人たちのやることを意識して見ると、自分がとても雑にものを扱っていたことに気がついた。練習に持ってくる手提げの中もぐちゃぐちゃだ。ふと、善美を見ると、きちんと整理してものを詰めている。カケや弓の扱いも丁寧だ。同じ年なのに、借り物の道具なのに、扱い方が全然違っている。

楓は恥ずかしくなった。

みんなはいままで私のことをどう思っていたのだろう。若いからって、大目に見てもらっていたのかな。だけど、ちゃんと直さなければ、年を取ってもこのままだろう。

これからは気をつけよう。

楓はカケの紐を丁寧に巻き付けた。真新しいカケをきちんとカケ置き場に置くと、心なしか、艶を増したように見えた。

14

秋が深まると、楓が待ちに待った紅葉の季節だ。境内は桜やケヤキが多いが、中には紅葉《もみじ》やイチョウなども交じっており、この時とばかりに存在感を発揮している。名前が楓だけに、この季節がいちばん好きだった。

「楓ちゃんの名前は、紅葉から取ったんだよね」

一緒に境内の掃除をしている小菅に聞かれた。今日は月曜日だが祝日なので、楓も早く来て、掃除に参加している。もちろん、ジュニア以外の同期の人たちも一緒だ。

「はい、秋生まれだからだそうです。それに、響きがかわいいから。うちの親、あんまり深い意味は考えていなかったみたい」

名前の由来を尋ねた時、たいした理由がないのにがっかりしたが、いまになるとそれもいいかな、と思ったりする。乙矢のように、名前に親の強い想いが込められていたら、それはそれで重いかもしれない。

「楓の花言葉は、大切な思い出とか、美しい変化っていうのよ。素敵な意味を持った名前じゃない？」

「美しい変化っていうのは、ちょっといいですね」

「楓ちゃん、どんな風に変化していくのかしらね。楽しみね」

小萱がいつくしむように柔らかく微笑んだ。楓はちょっと照れ臭い気持ちになった。

「それにしても、落ち葉が多いですね。週に三日は掃いているのに、ちっとも減った気がしない」

紅葉を見るだけなら素敵だけど、掃除をする身には落ち葉の多さにめげる。掃いても掃いてもなかなか減らない。落ち葉だけではない、どんぐりや銀杏《ぎんなん》もそこここに落ちている。銀杏はつぶれて、独特の匂いを放っている。実は掃き集めることができても、匂いはいつまでもその場に漂っている。

「この辺にしておきましょう」

先輩がそうみんなに指示する。それまで掃き集めた落ち葉を、境内の奥に捨てに行く。大きなちりとりに何杯もある。掃ききれない落ち葉は、大木の根元にそっとまとめておく。掃いている傍から落ち葉が降って来るのだ。完全にきれいにすることは不可能だった。

「植物って、ほんとすごいですね。入った頃はほとんど枯れ木のようだったのに、秋になるとこんなにたくさん落ち葉が出るなんて」

箒を片付けて、弓道場に戻る道すがら、楓は小菅に話しかける。

「まあね。大きな樹があるのは風情《ふぜい》があるけど、落ち葉の始末がたいへんよ。うちなんか猫の額ほどの庭しかないのに、結構立派な桜の樹があるの。どうかすると枝が伸びて、お隣に侵入したりして。道路に落ち葉が散らからないようにとか、いろいろ気を遣うわ」

「そうなんですね。うちはずっとマンション暮らしだから、いままであまり気にしたことはなかったんですけど、弓道はじめて、境内お掃除するようになってから、ちょっとわかりました」

「だけどね、手間は掛かっても、それはそれでいいこともあるのよ。桜の花が咲いて、葉桜になって、紅葉して、落葉する。そのサイクルで季節を実感するの。樹は少しずつ大きくなるし、我が家はこの樹といっしょに成長している、と思うのよ」

小菅の話を聞いていると、楓はちょっとうらやましい気持ちになった。四季の変化を身近に感じられるというのは、何かとても豊かな感じがする。いずれ自分が家庭を持ったら、木のある家に住めたらいいな、と思う。うんと先のことだから、どうなるかわからないけど。

「ところで、今週末には流鏑馬ですね。小菅さんはいらっしゃるんですか？」

国枝が参加するというので、弓道会から何人も見学に行くことになっていた。会の行事ではないので、気の合う人同士集まって行くことになっている。楓も、ジュニアの仲間と約束をしている。

「私？　週末はちょっと予定があって。子どもが出掛けるから、孫を預からなきゃいけないの。うちは二世帯住宅なのよ」

「お孫さんって、いくつなんですか？」

「まだ三歳なの」

小菅は溜め息交じりに言う。あまり楽しくはなさそうだ。

「孫はかわいいんだけど、預かるとなると大変でね。三歳ともなると運動量も半端《はんぱ》じゃないし、口答えもするから、半日つきあうだけで、もうぐったり」

楓はどきっとした。自分たち姉弟も名古屋にいる頃はよく母の実家に預けられていた。嫌な顔をされたことは一度もなかったけど、やっぱり疲れさせていたのだろうか。

「流鏑馬、行ったことないから、楽しみにしていたんだけど」

「また、来年もあるじゃないですか」

楓が気休めを言うと、小菅は首を横に振った。

「来年は国枝さん、出ないもの。今年が最後なんだそうよ」

「ああ、そうなんですね」

受験勉強の最中でも、それだけは行く、と乙矢が言っていたのはそれが理由か、と楓は思った。

「楓ちゃんはジュニアの人たちと行くんでしょ？」

「はい、そのつもりです」

「じゃあ、私の分まで楽しんできてね」

小菅は気にしていないというように微笑んだ。

楓はふと、小菅さんは家族のために楽しみをあきらめることに慣れているのかな、と思った。

名古屋のおばあちゃんもそうだったのかな。おかあさんが忙しい時は、よく預けられていたんだけど。いや、おばあちゃんは宝塚行ったり、好きなことをやってるし。きっと私たちと会うのもそれなりに楽しんでくれていた、と信じたい。

その時、強い風が吹いた。風は木々を揺らし、楓たちが掃き清めた境内に、点々と落ち葉をまき散らしていた。

流鏑馬当日の朝は、前日までの雨が嘘のように晴れていた。雨に洗われて、周囲の樹々や建物の色が鮮やかさを増したようだった。空を見上げると、青の絵の具で塗りつぶしたような鮮やかな空が視界いっぱいに広がる。蒼穹《そうきゅう》ってこういうのを言うのかな、と楓は思った。

近くの駅で光と待ち合わせ、ふたりで流鏑馬を見に出掛けた。流鏑馬のある八幡さまは電車で二〇分ほどのところにある。都心で交通の便がいいからかたいそうな人気で、最寄り駅のホームに降りたところからすでに人が多い。地下鉄の駅から地上に出ると、人の流れはますます増えて行く。

「この人たち、みんな流鏑馬を見に行くのかな」

「たぶんね」

「もっと早く来ればよかったかな？」

行き来する人にぶつからないように歩きながら、楓が隣を歩く光に尋ねる。地元の駅で待ち合わせして、ふたりでここまで来たのだ。

「大丈夫、乙矢たちが先に行って、場所取りしてくれているから」

「場所取り？」

「うちの連中、毎年のように来ているからね。見やすい場所もわかるんだ。あ、連絡が来た」

光がスマートフォンを取り出し、チェックした。

「去年の場所がいっぱいだったんで、別のところに移動したって」

「やっぱり混んでいるんだね」

「年々人が増えているらしいよ。うちの先生方が、昔はこんなんじゃなかった、と言っていた」

八幡さまの流鏑馬というからには神社の境内で行われるのかと楓は思っていたが、そうではないらしい。流鏑馬の前後に神社で儀式が行われ、流鏑馬そのものは近くの大きな公園でやるのだそうだ。なるほど、これだけの人数が見に行くのなら、とても境内には入りきらないだろう。

「ほんと、人多いね。乙矢くんたちに会えるかな」

「うん、ちょっと待って」

光がスマートフォンを出して、ＬＩＮＥで通話する。

「いま、公園に着いた。どこにいるの？　……うん、そう。……じゃあ、お願い」

電話している間にも、人がぞろぞろと公園の中に入って行く。

「わかりにくい場所だから、乙矢が迎えに来てくれるって」

「乙矢くんと、ほかには誰が来てるの？」

「ジュニア会員は、賢人くらい」

その時、雑踏の向こうから「光、楓」と、声がした。

「あ、乙矢だ。……こっち、こっち」

乙矢が器用に人混みを縫いながら近づいて来た。見慣れた弓道着姿ではなく、デニムにジャケットを着ている。

「すごい混雑だね。去年より多いみたいだ」

久しぶりなのと、いつもと違う服装なのとで、楓はちょっとどぎまぎした。その気持ちをごまかすように「善美は？」と、聞いてみる。

「あいつは来ないよ。人混み嫌いだし、流鏑馬も興味ない、と言っていた」

「じゃあ、うちら四人だけ？」

光が乙矢に確認する。

「ジュニアはね。先輩方も来てると思うんだけど、この人混みじゃどこにいるかわからないよ」

「モローさんが絶対見に行くって言ってたから、どこかにいるはずだけど」

三人は人の多い通りから脇道へ入り、高台の方に歩いて行った。

「やあ、遅かったね」

公園の原っぱの中の、少し高台になったあたりにシートを敷いて、賢人がひとり座っていた。まわりにも人がたくさんいる。

「ここからだとちょっと遠いけど、全体が見渡せるから」

乙矢がそう説明する。

「去年の場所はもっと近かったけど、的がひとつしか見えなかったし。いい場所を確保するのはむずかしいよ」

「ううん、ここでも十分見えるよ。なんか、わくわくするね」

楓はそう言って、乙矢にほほえみかけた。

少し離れたところに、馬が通る幅二メートルのまっすぐな道が用意されているのが見える。その脇にはロープが張られ、外側に観客がぎっしり詰めかけていた。

「誰か、双眼鏡持って来た？」

楓が聞くと、賢人が首を横に振った。

「去年は持って来たけど、速すぎて役に立たなかった。肉眼で見た方がいいよ」

「そっか。じゃあ、なくても大丈夫かな」

「入場の時はゆっくりだから、あると便利だけどね」

「ねえねえ、あれモローさんじゃない？」

光が指差した先、ロープのすぐ際、的からも近い特等席に、茶褐色の髪で眼鏡を掛けた外国人が、仰々しいレンズを付けた大きなカメラを持って待機していた。

「だね。あの寝ぐせ、間違いない」

「すごいカメラだね。まさかこのために買ったんじゃないよね」

楓が呟くと、乙矢が答える。

「モローさん、カメラが趣味なんだって。休みの日にはあちこち撮影に行ってるらしいよ。日本にいる間に、日本らしい景色をカメラに収めたいんだって。この前はコスプレの撮影に行ったらしいよ」

「コスプレって日本らしいのかな？」

「フランスにもあるけど、やっぱり日本は本場だ、衣装の凝り方が違うって喜んでいた」

「そうなんだ」

コスプレも流鏑馬も一緒くたにされるのはなんとなく抵抗がある。確かに両方とも日本文化なのかもしれないけど、同列で語られるようなものじゃない気がする。なんでそう思うのかは、うまく言葉では言えないのだけど。

「あ、主役が到着したよ」

ロープを張り巡らされた内側に、ひとかたまりになった集団が姿を現した。流鏑馬の一行は神社でお祓《はら》いをした後、会場となるこちらの公園に移動してきたのだ。裃《かみしも》を着けた神社関係の人たちや法被を着た保存会の人たちに交じって、警官の姿も見える。その後ろに馬に乗った射手たちがゆったりと続く。

その姿を見て、楓の頭からモローのことはすっかり消えてしまった。

「すごい、時代劇みたいだね」

「あの衣装は鎌倉時代の武将の狩装束を再現したものなんだよ」

初心者の楓にもわかるように、乙矢が説明する。頭に載せるのは綾藺笠《あやいがさ》、色とりどりの鎧直垂《よろいひたたれ》に左の肩から腕を覆う射籠手《いごて》、鹿革の行縢《むかばき》。ひとつとして同じ衣装はない。赤や紫、黄色などの地に金糸銀糸が華やかな模様を描く。腰には太刀を帯び、左手には弓、矢は鏑矢《かぶらや》という特殊なもので、箙《えびら》という箱型の容器に入れて腰のところに着けているのだという。そのきらびやかさに目を見張った。

「衣装は自前なのかな」

楓が素朴な疑問を口にする。

「そうらしいよ。衣装も道具もその辺に売ってるものじゃないから、そろえようとしたら何年も掛かるらしい。まあ、先祖代々受け継いできた、というケースも少なくないみたいだけど」

乙矢の言葉を聞いて、楓はふと思う。

国枝の場合はどっちだろう？　自分でそろえたのだろうか、それとも家が流鏑馬をやるような立派な家系なのだろうか。

「あのいちばん後ろの人が、国枝さんかな？」

「そう……かな？」

「国枝さんはいつから流鏑馬をやっているんだろう？」

「さあ。でも、相当前からだと思うよ。もともと流鏑馬を継承する流派に所属しているんだ。そっちの方にも道場があるそうだけど、毎朝練習するには家に近い方が都合がいいから、うちにも来ているんだって」

楓は馬上の射手をじっと見た。紋の入った紺色の衣装に金襴《きんらん》の刺繍が施された豪華な射籠手を身に着けて、堂々と白馬にまたがっている。顔つきも引き締まっていて、自分の知っている温和な国枝とは別人のようだ。

「国枝さん、すごい人だったんだね」

「何をいまさら」

乙矢があきれたように言う。「知ってて、教えを乞うていたんじゃないの？」

「え、楓、国枝さんに教えてもらってたの？」

光が驚いた声を出す。

「うん、まあ」

「いつの間にそんなことを。俺らだって、国枝さんとは口もきいたことないのに」

賢人もやっぱり驚いている。それで、楓は言い訳する。

「夏休みにジョギングして神社に来たら、国枝さんがいたんだ。早朝だったから、ほかに誰もいなくて、国枝さんからいっしょに練習しようと言われた。でも、ほんの

導」

「一回でもうらやましいよ。ちっくしょー、俺も受けたかったな、国枝さんの個人指導」

「ごめん、言えばよかったね」

なんとなく興ざめな空気が漂っている。みんなにちゃんと言わなかったのは悪かった、と楓は思う。だけど、あの時の国枝のことはあまり口にしたくない気持ちだったのだ。あの朝の静かな弓道場に、国枝は溶け込んでいた。むやみに人に話すと、あの時の静謐な記憶が乱される気がしたのだ。どう言えば、その気持ちをわかってもらえるか、楓にはわからなかった。

「あ、もう始まるよ」

光の声に、みんなの視線は馬場の方に向いた。

最初の射手の馬が走り始めた。思った以上のスピードだ。そのままスピードを緩めることなく、ひとつめ、ふたつめ、みっつめと的に向かって次々と矢を放つ。的と的の間は約七〇メートルあるというが、スピードが出ているのであっという間に次が来る。的は正方形の板だ。背景には黒い布を張ったボードのようなものが置かれていて、的が目立つようになっている。最初の射手はひとつめの的を射貫いた。的の板が割れる。観客席からおおっと歓声が上がった。

「すごい」

その言葉しか楓は出てこない。馬の迫力、射手の気合がこの場所にいてもはっきり感じ取れる。床の上でも的に中てるのは大変なのに、動きながら中てられるのは神業だ。馬は激しく動いているが、射手の上半身はびくともしない。構えも、自分たちのようにゆったりやっていたのでは到底追いつかない。同じ弓といっても、これは全然別の技術だ、と楓は思う。

最初の射手はふたつめも中て、三つめは外した。惜しい、というどよめきが起こった。二番目の射手はひとつだけ中った。三番目の射手はひとつめ、ふたつめを外し、三番目の矢を射るタイミングを失って射損ねた。だが、射手たちはまったく表情を変えない。

四人はおしゃべるするのも忘れて食い入るように眺めていた。楓はそれぞれの射手が矢を射るたびに、ぎゅっと拳を握りしめていた。射手の緊張感が移ったように、胸がどきどきしている。

だんだん場は緊迫していく。一射ごとに、人々の「中れ」という念が射手に向けられているようだ。そうして、五騎め、最後が国枝の番だった。遠くなので表情ははっきり見えないが、緊張しているのが感じられる。走り出すと、スピードはどんどん増していく。

スタンと音がして、最初の矢が的を射る。おおっと歓声が起こる。すかさず次の矢を構え、流れるような動作で二射目も射た。これも中る。

「あと一射」

光がつぶやくように言う。光の両手は祈るように組まれている。そして、三射めもみごとに板の真ん中に中った。

「やった！」

思わず楓は光の手を取り、ふたりでぴょんぴょん飛び跳ねて喜んだ。賢人と乙矢は「やったね！」と、ハイタッチをしている。周りの人たちはみんな拍手をしている。

「国枝さん、有終の美を飾ったね」

「さすが」

「今年が最後なんて、もったいないね」

「俺もそう思うんだけど、年齢的にきついらしい。後継者が育たないから、引退も先延ばしにしていたけど、さすがに限界なんだってさ」

まだあんなにみごとな射ができるのに、と楓は思う。今日だって、皆中したのは国なかには、矢をつがえられなかったり、タイミングが合わなくて的を外した人もいた。のことはよくわからないが、やっぱり国枝はうまいのだと思う。流鏑馬
枝一人しかいなかった。中てるだけではなく、国枝は所作もきれいだった。流鏑馬

そうして、すべての流鏑馬が終わった。まわりの観客は立ち上がり、片付けをした
り、そのまま出口へと向かったりしている。

「この後、どうする？　最後まで見て行く？」

賢人がみんなに尋ねる。

「まだ何かあるの？」

楓が聞くと、乙矢が答える。

「出発した八幡神社まで戻って、締めの儀式をするんだよ」

「そうなんだー。私、ちょっと見たいかも」

楓が答えると、光は頭を振って言う。

「私はパス。このあと行きたいところがあるし」

「俺も。儀式って退屈そうだし」

賢人も言う。しかし、乙矢は、

「俺は残るよ。国枝さんに挨拶して行きたいし」

「じゃあ、私も」

すらっと言えた自分に、楓は驚いた。いままでなら、乙矢との関係を怪しまれるんじゃないかとか、つきあい悪いと思われないかということを気にして、光といっしょに帰っただろう。だが、このふたりなら、そんなことは気にしないで大丈夫だ。

それに、国枝さんに挨拶したいというのは本心だ。流鏑馬はほんとうにみごとだった。矢を射る国枝さんはとてもカッコよかった。その想いを伝えたかった。

「じゃあ、ここで解散」

「お疲れ様」

それで、あっさり解散になった。各自好きなように行動するのは心地よい、と楓は思った。光と賢人は駅へと向かう人の流れに紛れ、だんだん遠ざかって行く。

「じゃあ、僕らも行こうか」

乙矢に言われて、楓は「うん」と返事した。

流鏑馬の一行に付いて行く人々の一団の中に二人は加わった。行列の後ろの方について、ゆっくり歩いて行く。公園の出口のところで、ばったりモローと出会った。

「カエデ、イツヤ、来てたんですね」

そう言いながら、モローは嬉しそうに近づいて来た。

「モローさん、いちばん前で見ていたでしょ」

乙矢がからかうような口調で聞く。

「はい。どうしても写真撮りたくて、朝いちばんの電車でここに来ました。おかげで、いい写真、たくさん撮れました」

モローは子どものように無邪気な顔で笑っている。

「モローさん、ほんと熱心ですね」

楓は感嘆して言った。朝いちばんなら、四時台とか五時台の電車で来たのだろう。流鏑馬を見るだけなのに、そこまでやる気にはなれない。

「はい、私が日本にいられる時間、そんなに長くない。だから、写真たくさん撮りたい」

長くないというのは、いつまでのことだろう。一年？　二年？　聞こうとしたが、モローは話題を変えた。

「皆さんの写真も、今度撮らせてください。ふつうの弓道の写真、撮りたい」

「いいですよ、記念になりますし」

「ええ、それに、フランスの友だち、喜びます」

「フランスの友だち？」

「はい、弓道のアニメ教えてくれました。それで、僕に弓道やれ、と言った。だから、写真見せたらきっと喜ぶ」

よくはわからないが、きっとアニメオタクの友だちがいるのだろう、と楓は思った。もしかしたら、モロー自身もアニメ好きなのかもしれないが。

「この後、八幡神社にも行きますか？」

「いえ、私、この後、巣鴨《すがも》の神社に行きます。富士山《ふじさん》に似た場所があるので、写真撮ります」

「そうですか。じゃあ、ここでお別れですね」

「はい、また練習で会いましょう」

そうしてモローは大きく手を振って、駅の方へと歩いて行った。にぎやかなモローが去ると、急に沈黙が重くなった。それで、楓は歩きながら乙矢に話し掛ける。

「流鏑馬、毎年来ているの？」

「僕はまだ二回目だけど、国枝さんが出てるから、うちの弓道会からは毎年誰かが見に来てるそうだよ。さっきも、久住さんを見掛けたんだけど、遠かったから、声掛けられなかった」

「そうなんだ」

「それで、初めての流鏑馬はどうだった？」

「すごくよかった。なんとなく知ってるつもりだったけど、実際に見ると全然違うね。ものすごいスピードなのに、次々矢を放てるって、神業だよね。あれ、何キロくらいの弓を使ってるんだろう？」

「どうだろう。ふだん使う弓より、弓力落としてるのかな」

「だよね」

男子とふたりでおしゃべりしながら歩くなんて、小学校以来のことだ、と楓は思った。学校の友だちが見たら驚くだろう。学校ではほとんど男子としゃべらない。男子と仲よくしてると目立つし、そもそも何をしゃべったらいいかわからない。だが、弓道という共通点があるから、乙矢とは気軽に話ができる。賢人や智樹とだって同じだ。弓道のおかげで、初めて男子の友だちができた。

「国枝さん、もったいないよね。皆中するくらいなんだから、まだまだできるだろうに」

「そうだね。流鏑馬の乗り手も年々減っているというし、続けてくれるといいんだけどねえ」

「ほんと、もったいない。もしできるんなら、私が代わりにやりたいくらいだよ」

何気なく言った楓の言葉に、乙矢がびっくりした顔をして立ち止まった。

「どうかした？」

「いや、自分でやりたいって発想が斬新だと思って」

「えーっ、見てたらやりたくならない？　でもまあ、女子には無理かもしれないけど。今日も女性は一人もいなかったもんね」

「そうだね。流鏑馬は神事だから、女性は禁止なのかな。でも、これからはわからないよ。男女同権の時代だし」

「だといいなあ。あ、ここが会場なの？」

儀式の行われる八幡さまは思ったより小さかった。都会のど真ん中、ビルや道路で埋め尽くされたところに、突然緑の丘のように盛り上がった場所がある。そこが八幡神社だ。細い階段を上がって行くと、境内がある。そこで式典が執り行われたが、楓たちは後ろの方にいたのでよく見えなかった。式典はそれほど時間は掛からずに終わった。

すべて終わると、潮が引くように観客がぞろぞろと帰って行く。だが、関係者のあたりは取り残されたように人垣ができている。ふたりはそこに向かって歩いて行く。人垣の真ん中に、射手たちの姿が見える。どの人も、大役が終わってほっとした顔をしている。「あっちだ」と、乙矢が声を出した。乙矢の視線の先には紺色の衣装が見える。そこを目指して、ふたりは進んで行った。国枝は、誰か女性と談笑しているところだった。

「国枝さん！」

楓が声を掛けると、国枝と相手の女性が同時にこちらを向いた。

「ああ、きみたち、来てくれていたんだ」

しかし、国枝のことなど眼中にないように、乙矢は女性の方を凝視して、つぶやくように言った。「おかあさん」

相手の女性もまるで石鹼《せっけん》でも呑み込んだような顔をした。ここにいるはずのない相手と出会って現実が認識できない、という感じだった。

「乙矢くんのおかあさん？」

楓が小声で聞くと、乙矢は黙ってうなずいた。確かに、女性の目元は乙矢によく似ている。全体の印象は善美にそっくりだ。だが、高校生の子どもがいるとは思えないほど若々しいから、善美と並んだら姉妹のように見えるだろう。

「あなた、なぜここへ？」

動揺しているのか、乙矢の母の声は少し震えている。その顔は笑っておらず、楓にはむしろ怒っているようにも見えた。乙矢が何も言えずにいるのを見て、国枝が言う。

「乙矢くん、私と同じ弓道会なので、応援に来てくれたのでしょう」

「弓道会ってことは、あなた、まさか弓道をやっているの？」

乙矢は無表情で黙ってうなずく。母親の顔はみるみるこわばった。

「乙矢くんだけでなく、善美さんも。ふたりとも大きくなったので、驚きました。あれから一〇年以上経っているんですね」

「善美も……弓道をやっているんですか？」

「ええ、乙矢くんも善美さんも、私と同じ道場で練習してますよ」

「どうして？　弓道だけはやめてくれと言ったのに、乙矢だけでなく善美まで……」

女性は傷ついた、という顔をした。乙矢はそれを見るのがつらいのか、視線を地面に落とした。

「もしかして真田さん、お子さんに弓道を禁止されてたんですか？」

国枝は意外そうだ。楓もずっとおかしいと思っている。乙矢も善美も弓道をやるために生まれてきたような名前なのに。

「ええ、弓道から連想されるのは、つらいことばかりなので」

それを聞いて、国枝も黙り込む。そういえば、乙矢も以前言っていた。だけど、つらい思い出ってどんなことなのだろう、と楓は思う。ただのスポーツなのに。

乙矢の母は、息子をキッとにらみつけた。

「乙矢、あなたにはがっかりしたわ。あれほど弓道はダメって言ったのに、親の目を盗んでそんな勝手なことをするなんて。おまけに善美まで巻き込んで」

「巻き込んだわけじゃないよ。俺が知らない間に、善美が勝手に入会を決めたんだ」

「それだって、あなたの影響でしょ。善美はあなたの真似ばかりしているから」

「善美のことは関係ない。それに俺ももう一八だし、来年は大学生だ。何のスポーツをやるかくらい、自分で決めるよ」

目の前で激しい口調で言い争いが続く。どうしたらいいのか、楓は声を掛けられずにいる。すると、国枝がいつもの穏やかな口調で言う。

「乙矢くん、なかなか筋がいいですよ。さすがに血は争えませんね」

「血って、どういうことですか？」

乙矢が国枝に問う。

「お父さんの一敬《かずちか》くんに射のかたちがよく似ている。一敬くんは早く亡くなっているから教わったはずはないのに、乙矢くんの射形は生き写しです。不思議だと思いました」

それを聞いて、乙矢の顔がぱっと輝いた。

「ほんとですか？　国枝さん、父が弓を引くところを、見たことがあるんですね」

「ええ、ともに練習した仲間でした」

国枝は微笑んでいるが、乙矢は感極まったという顔で、何も言えずにいる。そして、説明を求めるように母親の顔を見た。母親はふてくされたような顔をしている。

「ほんとうよ。今日、私がここに来たのも、国枝さんが今回で流鏑馬を引退されると聞いたから。しばらくご無沙汰していたけど、おとうさんがお世話になった方だからご挨拶を、と思ったの。それなのに、あなたに会うなんて」

再び沈黙が訪れる。我慢できなくなって、楓は思い切って口を挟んだ。

「あの、乙矢くん、ほんとに上手です。熱心だし。ほんとに、弓が好きなんだな、って思います。事情はわからないですけど、できれば続けてほしいです。うちの弓道会、ジュニアが少ないし、乙矢くんは私たちの中ではリーダーみたいなものだし。善美さんは、私と同期なんですけど、同期っていうのも恥ずかしいくらい上手だし。ふたりとも才能あるんだと思います」

楓はあがってしまって、ついぺらぺらとしゃべってしまった。

「あなたは？」

初めて楓の存在に気づいた、というように乙矢の母が楓の方を見た。

「すみません、矢口楓といいます。乙矢くんと同じ弓道会の、ジュニア会員です」

「ありがとう、子どもたちを褒めてくれて」

お礼を言っているようで、その声は冷たかった。部外者は口を出すな、と言われているようだ。顔立ちが整っている分、隙がなく、怒るといっそう迫力を増すのだと楓は知った。それ以上何も言えなくて、楓は黙り込んだ。気まずい空気が流れる。重い沈黙を破ろうと国枝が何か言いかけた時、うしろから「国枝さん」と呼ぶ声がした。みんな一斉に声のする方を見た。声を掛けた人は、襟に流鏑馬保存会と染め抜いた法被を着ている。それを見て、国枝がはっとしたように言う。

「すみません、私もそろそろ行かなきゃいけない。続きはまた」

乙矢の母は興奮を必死で抑えようとして、黙ってうなずくだけだった。国枝は痛ましいものを見るようなまなざしを、乙矢の母に向けた。

「あなたの気持ちもわかるが、乙矢くんとちゃんと話した方がいい。乙矢くんはもう何もわからない子どもじゃないんだから」

そうして、今度は乙矢の方に向き直った。乙矢に対しては、慈《いつく》しむような目をしている。

「もし何かお父さんのことで知りたいことがあったら、私のところにいらっしゃい。少しは話をしてあげられると思う」

「ありがとうございます。たぶん、近いうちに伺います。よろしくお願いします」

そうして、国枝は去って行った。三人が取り残された。黙ったまま、母子《おやこ》はお互いを探るように見ている。

「あの、私先に帰ります」

いたたまれない気持ちになって、楓は思わず口走る。それで、乙矢の母は楓の存在を思い出したようだった。

「いいえ、あなた方はいっしょに来たのでしょう？　私はこのあと行くところがあるからここで失礼します。乙矢、話は帰ってから」

「うん、わかった」

そうして乙矢の母は逃げるように雑踏の中に消えて行った。しばらくその姿を見送っていた乙矢は、ほおっと溜め息を吐いた。そして、楓の方を見て言う。

「めんどくさい話に巻き込んでごめん」

「いいの、そんなこと。むしろ、私がさっさと帰ればよかったね。お邪魔虫だったね」

「そんなことないよ。おかげで助かった。もし、関係ないきみがいなかったら、母はもっと取り乱したと思う」

「そう、だといいけど」

「僕も、おかげで本音が言えた。ずっと言いたかったんだ」

おかあさんなのに？　ずっと本音を隠していっしょにいたの？

楓にはわからなかった。自分なら母に言いたいことは言う。ずっとそうしてきた。だけど、乙矢と母親の間は、自分のうちよりもっと複雑な関係らしい。

それがどういうものなのか、問《と》い質《ただ》すのはためらわれた。これ以上詮索するのは、乙矢にとってつらいことになる、という気がした。

「帰ろうか？」

と、乙矢がつぶやくように言った。楓は「うん」と返事した。

そうして、黙ったままふたりは歩きだした。どこかで鳥のさえずりが聞こえた。こんな都心にも鳥がいるんだな、と楓はぼんやり考えていた。

15

その後乙矢は弓道会に姿を見せなくなった。乙矢は受験があるので終わるまでは弓道会を休むと言っていたからだろうが、善美まで欠席するようになってしまった。もしかしたら、流鏑馬の後でのふたりの母親との会話が原因なのか、と楓は心配になった。学校で会った時、善美は「ごめん、しばらく弓道お休みする」と言ったきり、説明しようとしなかった。いつまで休むのか、どうして休むのか聞きたかったが、善美はいつにもまして無表情でとりつくしまがなかった。

どうしたらいいかわからないまま、日にちは過ぎていく。

「今日は寒いね」

「なんか、急に冷えたね」

挨拶がわりにそんな会話が飛び交う季節になった。射場は外に向かって開いている構造なので、建物の中にいても戸外と寒さは変わらない。練習中は上着を脱ぐから寒さが身に染みる。板張りの床からしんしんと冷気が伝わってくる。

「足の裏に使い捨てカイロを貼ったんだけど、ちっとも効かないんです」

奥の和室に置かれたストーブの前で暖を取りながら、楓はそう訴えた。床が冷たすぎて、カイロの熱を奪ってしまうのだ。身体は胴着の下に防寒インナーを着たり、背中やおなかにカイロを貼ったりすればなんとかしのげるが、足の裏の冷たさだけは耐えがたい。

「カイロじゃだめだよ。いろいろ試したけど、百円ショップに売っている厚手の中敷きを使うのがいちばんだよ」

「弓道用の防寒の足袋があるんだって。裏起毛だから、暖かいらしいよ」

「私それ持ってる。だけどそれだけじゃ足りないから、上からさらにもう一枚足袋を穿《は》くの。それでしのいでいる」

「そんなことすると、足の裏の感覚がわからなくなるんじゃない？」

「寒さでかじかんだら、どっちにしても感覚なんて鈍くなるって」

休憩時間は情報交換タイムでもある。先輩たちの防寒の工夫を、楓は感心して聞いている。百円ショップの中敷きを、自分も手に入れよう、と思っている。

「あ、お茶のお替わり淹れますね」

ふと気がついて、楓は席を立った。お茶当番は新人の仕事だ。今日は善美も小菅もいないので、楓は自分がやらなきゃ、と思う。

「わー、楓ちゃん気が利《き》く」

「よろしくね」

楓はお茶の葉を大きな急須に入れた。弓道会のメンバーに日本茶の店を経営している人がいて、弓道会はそこからいい葉を安く分けてもらっている。淹れ方によっては、なかなか美味《おい》しく飲める。

「ワタシも手伝います」

モローが言う。お茶当番は男女関係なくやることになっているのだ。

「じゃあ、ポットのお湯をこっちのやかんに移してください」

ポットは湯沸かし機能が付いているので、お湯が沸騰している。だが、いいお茶の葉は沸騰したお湯ではなく、少し冷ました湯で淹れた方がいい、と小菅に教わった。それで、少しでも温度が下がるように、沸騰した湯をいったんやかんに移す。さらに、楓は急須に入れた茶葉を水で濡《ぬ》らした。こうすれば、少しは温度が下がるから、と小菅に習ったのだ。

「本当は、湯の温度がちょうどいいところに下がるまで待った方がいいんだけど」

小菅はそう言ってた。だが、休憩時間に急いで淹れるので、あまり時間がない。茶葉をあらかじめ濡らすのは、急場しのぎの知恵だと言っていた。

「ところで、聞いた？　あの噂」

先輩のひとりが声を潜めて言う。お茶を淹れながら、楓は先輩たちの話になんとなく耳を傾けている。

「うん。どうなるんだろうね」

「まだ正式に決まったわけじゃないんでしょ？」

「でも、神社の人は乗り気だって噂。ほら、そうすればお金が入るでしょ」

「だけど、ここが無くなるのは、私は嫌」

ここが無くなる？　どういうことだろう。振り向いて、問い質そうとした時、ガタンという音に続いて、悲鳴のような声が聞こえた。

「前田さん！　どうしたんですか」

「前田さん！」

「誰か救急車を」

声のした方を向くと、巻藁の前で前田が胸を押さえて屈みこんでいる。休憩していた先輩たちは急いで立ち上がり、前田の方に行く。楓も淹れかけたお茶を全部湯呑みに注ぐと、後に続いた。

前田はあおむけに寝かされた。その顔は土気色で、額からは脂汗が流れていた。苦痛が耐えがたいのか、身体を左右にねじっている。看護師の資格を持つ幸田が前田の上に屈みこんで、脈を取っている。

練習を中断して、みんなはふたりを取り巻いた。幸田のやることを息を呑《の》んでみつめている。

「AEDは近くにあるかしら？」

幸田が顔を上げて誰にともなく尋ねる。

「もしかしたら、神社にあるかも。聞いてみます」

「裏の小学校に行けばあるはず。そっちにも行ってみます」

「前田さんのご家族にも連絡しなきゃ。前田さんのご自宅の電話番号、誰か知ってる？」

「私、わかります。電話してみます」

各自思いついたことをすぐに行動に移す。そうして幸田が心臓マッサージをしているところにAEDが届いた。それを幸田と久住で前田に取り付ける。幸田を中心に、先輩たちがてきぱきと仕事をするのを、楓は後ろから呆然とみつめていた。

自分にもできることがあるかしら。

しかし、楓が手伝えることは何もなさそうだった。下手に手を出すと、先輩たちの邪魔になりそうだ。

　ふとカケ置き場を見ると、前田のカケがそのままになっていた。矢も出しっぱなしだ。それで、カケを丁寧に巻き直して前田のトートバッグの中に入れた。矢も矢拭き用の手ぬぐいできれいに拭って、前田の矢筒にしまった。道具は丁寧に扱え、これは前田にうるさく言われたことだった。だから、自分の道具がほったらかしになっていたら、きっと嫌だろう、と思ったのだ。

　そうこうしているうちに救急車が来た。土気色の顔をした前田が、弓道着のまま搬送されて行く。久住と幸田がそれに同行した。

　救急車のサイレンが遠ざかって行くと、みんなは和室に集まり、脱力したように座り込んだ。

「お茶、淹れ直しましょうか？」

　楓が先輩たちに聞く。

「いいよ、さっき淹れてくれたばかりだし」

「うん、これ、美味しいよ」

　そう言われたので、楓も和室の隅に座り込んだ。誰も、練習の続きをやる気になれないようだった。

「前田さん、大丈夫かな」

「心筋梗塞でしょ？　前から悪かったのかな。そんな話は言ってなかったけど」

「血圧が高いっておっしゃってたから、それが原因かな」

「ここのところ、急に冷えたからね。弓道場は野外と変わらないし、血圧には悪いよね、きっと」

みんな、気落ちしている。こういう時、久住がいれば「あなたたちが落ち込んでも、状況は変わらないわ。それより、練習練習」とかなんとか言って、みんなに練習を促すだろう。しかし、いまは久住もおらず、音頭を取ってくれる人が誰もいない。

「だけど、倒れてすぐ処置をしたし、すぐに病院で診てもらえば、そんなに悪くはならないわ」

「そうよ。すぐにAEDも取り付けたし、緊急処置でやれることはやったはず」

「幸田さんがいてくれてよかった。私だったら、どうしていいかわからなかった」

「ほんとね。倒れた時に目の前に幸田さんがいるなんて、やっぱり前田さん、運がお強いのよ。家でひとりの時だったら、手遅れになったかもしれないわ」

「そうよね、だからきっとなんともないわよね」

みんなは少しでも明るい要素を見出そうとしていた。楓も、前田さんならきっと大丈夫、と祈るような気持ちで思っていた。

　その日はもう練習にはならなかった。気持ちが乱れて、集中できなかったのだ。楓はそのまま弓をしまい、帰り支度をした。

　家に帰っても、気持ちは落ち着かなかった。なにもやる気になれず、自室のベッドに横になり、これまでの前田との関わりをいろいろ思い出していた。

　弓道には日頃の生活態度が大事だって言って、礼儀とかカケのしまい方まであれこれ言われたっけ。そんな風に、自分の悪いところをちゃんと言ってくれる人って、いままでいなかった。口うるさく言われるのは嫌だったけど、そうじゃなければきっと気づかないこともたくさんあっただろうな。

　大丈夫かな。また元気になって、ご指導してくださるかしら。まだまだ私は、前田さんに教えてもらわなきゃいけないことがたくさんあるのに。

　ふと気づくと、頬が冷たかった。

　その涙に楓は自分でも驚いた。

　自分は前田さんのこと、こんなに頼りにしていたんだ、と思い知らされた。

　その晩遅く、弓道会から会長名義の一斉メールが届いた。

『前田さんが今日、道場で倒れた件、皆さんご心配されていると思います。診断では心筋梗塞とのことでしたが、その場に居合わせた幸田さんをはじめ皆さんの対応がよかったので、大事には至らないようです。ご助力いただいた方々、ありがとうございました。すでにご本人の意識も戻り、助けてくださった皆さんへ感謝と、心配をかけたことへの謝罪を伝えてほしいとおっしゃったそうです。しばらく入院して治療を続けられますが、退院の時期などは未定。お見舞いについては、当分の間ご辞退申し上げるとのことでした。取り急ぎ、ご報告まで』

それを見て、楓もようやくほっとした。それまで前田のことを考えてなかなか寝付けなかったのだが、これで安心して眠れそうだ、と思った。

次の練習日、前田の代わりに久住と隅田が指導を行った。ふたりとも優しく教えてくれるのだが、なんとなくぴりっとしない。

前田さんのあの厳しさがあるから、よかったんだな。

そんなことを考えながら練習したので、なかなか中りは出なかった。

練習が終わると、久住が「新人の人たち、ちょっと集まって」と声を掛けた。それで、片付けを中断して、楓とモロー、小菅と三橋は久住のそばに行く。六人いた楓の同期のうち、まだ続けているのは四人だ。田辺は結局パートで忙しくなり、いつの間にか練習に来なくなっていた。田辺といっしょに入った三橋は休みがちだが、なんとかやめずに通っている。善美は相変わらず休んだままだ。

「ご存じだと思いますが、二月に段級審査があります。皆さん、受けられますか？」

「はい、もちろん！」

　真っ先に返事したのは、モローだった。

「あ、ごめんなさい。外国人の審査は四月だから、もうちょっと待って」

「ワタシ、皆さんといっしょに受けたいです。一緒じゃだめなんですか？」

「段級審査は実技だけじゃなく、筆記試験もあるの。日本語で長い文章を書かなきゃいけないんだけど、モローさん、大丈夫ですか？」

「長い文章？　何を書くんですか？」

「出題されるのは二問。一問目は弓道の射技とか体配とか技術的なこと、二問目は弓に向かうご自身の姿勢や考えを問われる設問になっています。事前にそれぞれいくつか問題が発表されて、当日はその中からひとつずつ出題されます」

「どういうことですか？　つまり試験前にどんな問題が出るかはわかってるってことですか？」

「そうです。五つくらい問題の候補が提示されて、その中のどれかが選ばれて出題されます」

「だったら、カンタンです。五つ全部の答えを考えて、それを覚えます」

「だけど、解答用紙はこれくらいの紙に、いっぱいに書かなきゃいけないのよ」

久住はコピー用紙をモローに示した。

「えー、そんなに」

思わず声をあげたのは小菅だった。

「そんなにたくさん書けるかな。試験なんてもう何年も受けてないし」

「ほんと、筆記試験は苦手だわ」

三橋も不安げに言う。

「聞かれるのは、射法八節について説明しろ、といった基礎的なことだし、事前にちゃんと『弓道教本』を読んでおけば、大丈夫よ」

「わかりました。勉強します」

「モローさん、大丈夫？　大学の方も忙しいんでしょう？」

「大学も大事だし、弓道も大事。それに、日本語の勉強にもなります。それに、落ちるのも経験です」

「落ちるのも経験？」

横で聞いていた楓がモローに尋ねた。

「はい。落ちたらそれは自分に足りないところがあった、ということ。そこを直して、もう一度挑戦します」

「モローさん、えらいなあ」

楓が感嘆していると、久住が尋ねた。

「矢口さんも受験するんですね」

「え、あの、私、遅れて入ったんですけど、いいんでしょうか？」

「いいのよ。前田さんもぜひあなたに受けてほしいと言っていたし」

「前田さんが？」

「前田さんはお子さんがいらっしゃらないでしょう？　もちろん孫もいないんだけど、矢口さんや真田さんが自分の孫みたいに思えるんですって。『あの子たちを一人前の弓道人に育てたい』ってよくおっしゃっていたわ。それで、矢口さんには特に礼儀の指導を厳しくされていたけど、本当はとても期待していたのよ」

楓は思わず久住の顔を見た。

前田さんが私に期待している？　ほんとに？

「実は、先日指導者が集まって段級審査の話をしていたの。矢口さんは遅れて入会したけれど、次の審査を受けさせるべきか、って。五月にした方がいいという意見もあったけど、前田さんが反対されたの。この半年で矢口さんは本当によくなった。最初はお辞儀ひとつ満足にできなかったのに、いまは見違えるようだ。初段に合格するくらいの力は十分にある、とおっしゃってたのよ」

「前田さんが」

楓は絶句した。そんな風に自分のことを見てくれていたなんて、ちっとも思わなかった。口うるさくて面倒な先生、とばかり思っていた。

自分はなんて人の気持ちがわかっていなかったんだろう。

「矢口さん、受けるわね？」

「はい」

ちゃんと受けて合格すること。それがいままで自分たちの指導をしてくれた前田さんをはじめとする先生方に報いることになる。

「じゃあ、これ。次の練習日までに記入して持ってきてね」

久住は審査の申込書をみんなに手渡した。

「ところで、善美さんのこと、何か聞いていない？　善美さんにも受けてほしいんだけど」

善美はあれ以来、ずっと欠席したままだ。

「いえ、特には。だけど、私が申込書を渡しましょうか」

同じ学校だから、善美のクラスに行けば手渡せる、と楓は思ったのだ。

「ああ、そうね。そういえば矢口さんは善美さんの自宅にも近いわね。お願いしようかしら」

「えっ、善美の自宅？」

善美とは弓道の練習の後、一緒に帰ることもあったが、途中で別れてしまうので、自宅の場所までは知らなかった。

「ほら、神社の前から東にまっすぐ行くと都立公園でしょ。公園の入り口の前にある大きなうちが善美さんのご自宅」

そう言われて思い当たるのは一軒だけだ。

「まさか、ぐるっと塀で囲まれて中が見えないあの大邸宅？」

「そうよ」

久住があっさり認めたので、楓はびっくりして声もなかった。

そういえば、善美は地元でも有名な地主の娘だって噂があったっけ。地元といったら、うちの近所ということじゃないか。なんでそれを結び付けて考えなかったんだろう。

楓はその大きな屋敷《やしき》の前で、呆然と立ち尽くしていた。

瓦屋根のついた数寄屋門《すきやもん》に立派な格子戸《こうしど》。そこから敷地をぐるっと取り囲む土塀。まるで時代劇に出てくる武士のお屋敷のようだ。敷地も何百坪あるのだろう？　うちのマンションの部屋の何十倍もありそうだ。

立派な表札にはいかにもこの屋敷に似合った大館という名前があったが、その横に、遠慮するように一回り小さい「真田」という表札が出ている。

間違いない。この家だ。

楓は急に怖気づいた。

ひとりで来るんじゃなかった。光か誰かといっしょに来ればよかった。

どうしようかしばらく迷ったが、通りかかった自転車に乗った人がじろじろこちらを見るので、はっとした。

こんなところでうろうろしていると怪しまれる。

それで、楓は思い切ってドアホンを押した。

『はい』

女性の声がした。もしかしたら、あのおかあさんなのだろうか。

ドアホンにはカメラがついているので、こちらの様子は見えているはずだ。

「あの、私、弓道会の矢口といいます。善美さんに渡したいものがあって、それで」

『善美は外出しています』

その冷たい口調から、やっぱりおかあさんだ、と楓は思った。

「お戻りは何時でしょうか？」

『さあ、わかりませんが、遅くなると思います』

「じゃあ、乙矢くんはいらっしゃいますか？」

『乙矢も出掛けております。塾に行ってますので、帰りは九時を過ぎると思います』

にべもない返事だった。

「わかりました。また来ます」

楓の言葉には返事はなかった。

この前会った時、悪い印象持たれちゃったかな。それとも、弓道会の人間だから嫌なのかな。

どちらにしても、これ以上そこに留まる理由はなかった。重い気持ちのまま、楓が家へ帰ろうと歩き始めた時、道の向こうから見慣れた姿が近づいてきた。相手も楓に気づいたのか、足早に寄ってくる。

「やあ、久しぶり」

近づいてきたのは乙矢だった。いつものように愛想よく笑みを浮かべている。私服に大きなトートバッグを下げているので、塾か何かの帰りなのだろう。

「こんなところで会うのは珍しいね。公園に行ったの？」

「いえ、あの……私、善美さんに会いに来たんです」

「善美に？」

「だけど、いないって言われて」

「えっ、そうなの？　今日はいると思うんだけどなあ」

「あ、そうだ」

楓は持っていた手提げの中から段級審査の申込書を取り出した。

「これ、審査の申込書。善美さんも受けてほしいと思って」

「段級審査か……」

乙矢の顔が曇った。

やっぱり親に止められているんだろうか。

「あの、私、やっぱり善美と一緒に受けたい。小菅さんもモローさんも受けるし、同期みんなで初段に合格できたらなあって」

「そうなんだ」

「これ、善美に渡してもらえませんか」

「渡してもいいけど……いま審査を受けるのは難しいと思う。家の中でちょっと揉《も》めているから、弓道の話はできないと思うし」

乙矢は楓の差し出した申込書を受け取ろうとしない。

だが、楓はこのままあきらめる気にはなれなかった。

「あの、知ってると思うけど、前田さんが心筋梗塞で倒れたんです」

「うん、メールもらった。その後、どうされてるの？」

「命は助かったけど、まだしばらく入院なんです。なので、私たち全員ちゃんと審査に合格して、前田さんに報告したい。前田さん、ずっと私たちの面倒みてくださってたし、善美さんや私のことは、孫みたいだって気に掛けていらしたし。だから……」

しゃべっているうちに気持ちが高ぶって、涙が浮かんできた。それを見て、乙矢の方が慌てた顔になった。

「悪かった。善美が受けられるように、僕ももう一度母を説得してみる。だけど、もうちょっと時間をくれないか」

「うん。じゃあ、これ渡してくれる？」

「わかった」

「提出の期限は来週の水曜日だから、それまでには道場に持ってくるように伝えて」

乙矢は書類を受け取り、自分のトートバッグにしまった。

これで楓の用件は済んだのだが、なんとなく帰りがたい。それに、ずっと疑問に思っていたことを口にしてみた。

「あの、ちょっと聞きたいことがあるんだけど」

「聞きたいこと？」

「乙矢くんたちのおかあさんは、どうして弓道をそんなに嫌がるの？　うちの親は、子どもが日本古来の武道に興味を持つのはいいことだ、って言ってくれるよ」

楓の言葉を聞いて、乙矢はなんともいえない顔をした。怒っているのではない、何かあきらめたような、もの悲しい顔だった。

「そうだよね。矢口さんから見たら、母の態度はきついと思うよね」

「別にそんな……」

そんなことない、ときっぱりとは言えなかった。正直温厚な乙矢とは違って、きつい性格のひとだと思っていたのだ。

「だけど、母を悪く思わないでほしい。母があんな風に言うのには理由がある」

乙矢はそこで言葉を切った。言おうかどうしようか迷っているようだった。だが、楓が次の言葉をじっと待っているのを見て、話を続けた。

「母は弓道にはあまりいい思い出がないんだ。だから、僕らには弓道に近づいてほしくないいんだよ」

それは前にも聞いたことがある。

どんなものだろう、と楓は思ったが、乙矢はそれ以上は説明しなかった。

「それに、祖父の手前もあるんだ」

「祖父の手前って？」

「父が亡くなって、母方の祖父の家に僕らは同居しているんだけど、祖父も弓道のことをよく思っていないらしい。母はそれも気にしてるんだ」

「だけど、自分のおじいちゃんなんでしょ？　そんなに気を遣わなきゃいけないの？」

乙矢は微笑んだ。しかし、その微笑みはどこかもの悲しい。

「僕ら、世話になっているからね。祖父の気持ちを逆撫《さかな》でするようなことはとてもできない。だから、まずは僕がいい大学に受かって、それからちゃんと話をしようと思ってる。やることやらないで、弓道やらせてくれって言っても、聞いてもらえないと思うし」

「大学入試はいつ終わるの？」

「本命は国立だから、三月だよ」

「三月か……」

段級審査は二月半ばだ。それまでに乙矢は親を説得できるのだろうか。

「あ、だけど善美の方はちゃんと試験受けられるようにするから。ともあれ、ありがとう」

「うん。じゃあ、入試頑張ってね」

そうして乙矢とは別れた。早く二人が弓道に復帰するといいな、と思いながら。

16

次の練習日、久住から善美が審査の申し込みを届けに来た、と聞いたが、相変わらず練習には来なかった。善美のことは気に掛かってはいたが、楓はそればかりにかまけているわけにもいかなかった。段級審査に備えて、学科試験の勉強を始めたのだ。

最初楓は学校のテスト同様、一週間前から始めれば十分だ、と思っていた。試験があるのは二月中旬。まだ二ヵ月近くある。だが、小菅とモローはすでに一二月から勉強を始めていた。

「だってね、テスト受けるなんて何十年ぶりだし、最近は記憶力もめっきり低下しているから、自信がないのよ。それに、年末年始は大掃除だなんだで忙しいし、時間なんてあっという間に経つでしょ。だから、いまのうちに始めておかなきゃって思って」

「ワタシも、日本語でちゃんと覚えるのは難しい。時間が掛かります」

ふたりの真剣さに、楓は驚いた。ふたりとも専用のノートに何か書きつけている。

「ノート、見せてもらえますか」

「えっ、ちょっと恥ずかしいな」

そう言いながらも小菅はノートを見せてくれた。

ノートには、きれいな文字で出題予定の問題と、その解答が書かれている。

「あれ、答えを知ってるんですか？」

審査の申し込みをした時、指導者から審査に際しての注意点と、問題案の書かれた紙をもらった。だが、解答までは書かれていなかった。

「教本を読んで一応、こういうことだろうと自分でまとめたの。ネットにもいろいろ解答例が書かれているから、それも参考にして」

「しっかり研究されてるんですね」

楓は驚きを禁じ得ない。小菅がそこまで熱心に勉強するとは思っていなかったのだ。

「ワタシのノートも見てください」

モローが得意げに差し出した。モローの方は平仮名が多く、書かれている文字の大きさこそ大きいが、ちゃんと日本語で解答をまとめていた。

「ふたりともすごい」

楓が驚いていると、後ろからのぞき込んだ三橋も焦った声を出した。

「私、まだ何もやってないわ。ちゃんとやらなきゃ」

「大事なのは、これを全部覚えることです。漢字もちゃんと書けないといけないし。まだまだこれからです」

「えっ、漢字を間違えたらダメなの？」

弓道用語には、ふだん使わないような漢字も出てくる。跪坐とか揖《ゆう》とか、ちゃんと練習しないと書けないだろう。すると、傍にいた先輩が言う。

「漢字、忘れたら平仮名でいいよ。とにかく解答用紙を埋めること。私が初段の時、半分くらい埋めて提出しようとしたら、試験監督に『もっと書きなさい』と突き返された」

「えーっ、そんなこと、あるんですか？」

「A4の解答用紙をちゃんと埋めるの、結構大変だよ。私も、答えに直接関係ないことも一生懸命思い出して書き込んで、やっと埋まった」

「私、それ聞いていたから、最初からちょっと文字を大きくした」

「とにかく書かなきゃ。私はこれだけ頑張って勉強しました、ってところを見せるのが大事」

先輩方が次々アドバイスしてくれる。ここにいる先輩はみな一発で初段に合格したらしい。だから、試験のアドバイスも気軽にできるのだ、と楓は思う。

「わー。なんだか急に不安になってきた」

「大丈夫、楓ちゃんは若いんだもん、記憶力だってばっちりでしょう？」

「テスト慣れもしてるだろうし。学生さんはいいよね」

「でも、意外と初段取れずに級をもらうのは学生さんが多いらしいよ。学生で始める人は中りは多いけど、入退場をちゃんと練習していなかったり、ペーパーテストを舐《な》めて掛かったりするらしい」

「えー、本当ですか?」

新たな情報が、ますます楓を不安に陥《おとしい》れる。

「大丈夫。うちの会でちゃんと練習していれば、実技で落ちることはないわ。これから審査に向けて、先生たちがみっちりしごいてくれるから」

そう言って、先輩のひとりが楓を励ますように、ぽんぽん、と背中を叩いた。

思ったより真面目にやらなきゃダメだな、と楓は思った。学校のテストみたいに先生が要点をまとめてくれるわけじゃないから、自分で答えをみつけなきゃいけないし。

運動やるのに、ペーパーテスト受けなきゃいけないなんて、なんか変なの。

めんどくさいから受けない、と言うほど大胆になれない楓は、仕方なく勉強をすることにした。その晩、買ってからまだきちんと読んでいない『弓道教本』を自分の部屋で開いてみた。

いきなり難しい言葉が目に飛び込んでくる。

射法は、弓を射ずして骨を射ること最も肝要なり。

心を総体の中央に置き、而《しこう》して弓手《ゆんで》三分の二弦を推し、妻手《めて》三分の一弓を引き、而して心を納む是《こ》れ和合なり。

吉見順正《よしみじゅんせい》という人が書いた「射法訓」の一部だ。これが最初に載っているということは、弓道に大事な心がまえが書かれているのだろう、と楓は思った。なんとなくカッコいい文章だが、ちんぷんかんぷんだ。

骨を射るってどういうこと？　心を総体の中央に置くって？　而してってどう読むの？

考えてもわからないので、ページをぱらぱらめくって先の方を読んでみる。「弓道の最高目標」という言葉が目に入った。「真」「善」「美」という項目タイトルが書かれている。善美の名前の由来だ。しかし、その章に書いてあることも難しい。

弓射は真実を探求する。一射ごとに真実を探求して精進するものである。最もよくできたといわれる一射は、神人の合一といわれ、宇宙と一体になるという。

どういうことだろう？　ほかのスポーツで言うところの「ゾーンに入った」という

ことだろうか？　試合の最中に集中力が極度に高まると、いつもと違う神がかり的な力が発揮できることがあるのだそうだ。目では見えない角度にいる相手の動きがわかったり、動いているはずのボールが止まって見えたりもするらしい。

だけど、ゾーンに入るというのは途中経過にすぎない。試合に勝つのが目的であって、ゾーンに入ることそのものは目的ではないし、ゾーンに入った状態というのはそう何度も起こるものではない。プロのスポーツ選手でも、長い競技生活の間に数回体験できるかどうか、というものらしい。

弓道はそういう状態になるのが最終目的ということなのだろうか。範士と呼ばれるような人は、しょっちゅうその状態を経験しているのだろうか。

だめだ。そういう哲学的なことは、私にはわからない。それに、初段の段級審査で聞かれるのはこういうことではなかったはずだ。

楓はさらにページをめくっていく。真ん中あたりでようやく審査に関係したような項目が出てきた。弓道の動作について解説がされている。

しかし、ここでまた楓は溜め息を吐いた。審査でよく出題されるのは「射法八節を説明せよ」という問題だという。その射法八節の説明だけで二〇ページ近く割かれている。

小菅やモローがノートに答えをまとめていた理由がようやくわかった。教本をただ暗記するのは無理だし、自分なりにまとめ直さないと、試験の時うまく解答用紙を埋められそうにない。

楓は教本を読むのをやめて机の上に伏せた。妙に肩が凝った気がして、両手を上げて伸びをした。まだまだ覚えるまでには時間が掛かりそうだった。

そうして迎えた年明けの最初の練習日、段級審査のことが頭から吹っ飛ぶような話を楓たちは聞いた。

「えっ、弓道場移転？」

「まだ確定じゃないそうだけど、神社の方からどうしたらいいか、会長が相談を受けたそうよ」

先輩たちの噂で、楓はその話を知ることになった。

現在、市で新しくスポーツ施設を造るという話が起こっている。その場所の候補として、神社の隣にある古い福祉施設の跡地が上がっているという。だが、それだけではスポーツ施設の敷地としては狭いので、神社の敷地の一部を市で買い上げるというのだ。その一部というのが、敷地の西側、弓道場のあるあたりだという。

「そうなると、弓道場は無くなってしまうってこと？」

「いや、新しくできる施設の中に弓道場を造ってくれるそうよ」

「へえ、それだったらいいかもしれない」

「どっちにしても先の話じゃないの？」

「そうでもないらしいよ。議員の○○さんが動いているんだって」

「○○さんって保守系の大物の？」

「うん、議員生活最後の大仕事だって張り切ってるらしいよ」

「神社も乗り気らしいね。市に土地を売ればまとまったお金が入ってくるから、本殿を建て替えることもできるし」

「なるほど、だったら決まりなのかなあ」

楓は先輩たちの話を黙って聞いていた。ジュニア会員が口出しできるような話ではない。

新しい施設。整った環境。

掃除もしなくていいし、寒いとか暑いとかに悩まされなくてもすむ。

だけど、なんとなく気持ちがしっくりこないのはどうしてだろう。

楓は射場に立った。射場の床は木でできている。的を狙う時はだいたい同じ場所に立つから、その部分だけ黒ずんでいる。ここに何年もの間、何人も立ち続けた証《あかし》だ。射場の隅の神棚や段ごとに分けられた名札、地区大会の賞状の数々、色とりどりの弓巻に包まれた会員たちの置き弓。矢筒。

ただ弓を引く場所というだけではない。ここには弓道会の人たちの過ごした時間や想いが刻み込まれている。

新しい場所に移ったとしたら、それは引き継がれるのだろうか。

それとも、そんなものはなかったことのように、また一から始めるのだろうか。

入会したばかりの楓が戸惑うくらいだから、先輩たちの意見もさまざまだった。

「市の運営するスポーツ施設だったら、掃除当番はやらなくてすむんだよね」

「きっと冷暖房完備だから、体もそっちの方が楽よね。ここの寒さは応えるよ」

「だけど、完成するまで何年掛かるのかな。その間は練習できないってこと？」

「それはちょっと嫌よね」

「それに、いままでみたいに、朝から晩まで好きな時間に来て弓を引くってわけにはいかないよね。市の施設ということになったら、弓道会じゃない人も使うだろうし」

「それは交渉できるんじゃないかな。我々の弓道場を潰して新しく造るんだから、我々に優先権があるよね」

練習時間の合間にも、その噂で持ち切りだった。年配の男性たちは、嬉々《きき》として自分の意見を語っている。女性たちも負けずに自分の思いをとうとうと語る。そして、時に賛成派と反対派で口論のようになったりした。

こういう状態は嫌だな、と楓は思った。私は弓道をしたいだけで、議論はあんまり好きじゃない。どちらかといえば弓道場はいまのままの方がいいと思うけど、新しくなったらなったですぐに慣れるだろう。神社や市が決めることだもの。私たちが口出しすることじゃない。

「カエデは新しい弓道場になってほしいですか？」

ある日、モローに聞かれた。三橋と三人でお茶の用意をしている時だった。モローもお茶を淹れることに慣れてきた。ひとつひとつの湯呑みに、丁寧にお茶を注いでいる。三橋は段級審査を受けることが決まってからは、休まず毎回参加している。今日は珍しく小菅の方がお休みしていた。

「私、特に意見はないです。どっちもいいところも悪いところも両方あるから」

「それ、おかしいです。意見ない、ということは考えてない、ということと同じ。フランスでは、そういう人はダメと思われます」

なんと答えたらいいかわからず、楓は笑ってごまかそうとした。すると、モローがお茶を注ぐ手を止め、緑の目で楓の視線をまっすぐ捉えた。

「どうして笑うんですか？　いま、笑うのはおかしい」

笑ってごまかす、というのは、どうやら外国人には通用しないらしい。なんとなく自分が間抜けに思えて、きまり悪くなった。それでついつっけんどんな言い方で返事する。

「でも、私みたいな新人が意見言っても仕方ないんじゃないですか？　どうせ理事とか上の方の人が決めるんだし」

「それ、違います。弓道場はみんなの問題。新人、ベテラン、関係ない。誰かにおまかせは無責任です」

そんなこと言われても困る、と楓は思う。自分が何か言っても、きっと誰も聞いてくれない。自分はまだ高校生だし、弓もへたくそだ。初段すら取れていない。

それに、ここはフランスじゃなく日本だ。議論なんかして感情をぶつけあうより、場の空気を察して、周りの嫌がることを口にしない方がいいに決まっているのに。

「それで、モローさんはどう思ってるんですか？」

楓が困っているのを察して、横にいた三橋がモローに質問した。

「ワタシはもちろんいまの弓道場を残したいです。ここは環境も建物も素晴らしい。

なぜまだ使える建物を壊すのか、ワタシにはわかりません」

「確かに。ほんと、もったいないと思う」

「それに、ここはとてもフォトジェニック。ワタシ、ここでたくさんたくさん写真撮りました」

それを聞いて、三橋も楓もつい笑った。

「モローさんらしいね」

「ほんとに」

そんな風に力説するからには、弓道場存続についてもっともらしい理由があるのかと思っていた。結局のところ、カメラオタクのモローは、被写体としての価値に重きをおいているってことなのだ。ビジュアルとして弓道場が素晴らしいと思っているだけなのだろう。

しかし、当のモローはきょとんとしている。寝ぐせの毛もぴんと立っていた。

「おかしいですか？　ワタシ、ここが好きです。好きだから残したい。好きなものを大事にしたい。それだけです」

「そうね、いろいろ理屈をつけるより、そういうことが大事よね。私もここが好き。暑いし寒いしおんぼろだけど、それも弓道場らしい、っていうか」

「あ、それわかります。弓道ってふつうのスポーツと違ういろんな面倒なことがあって、だけど、そこがいいんだって思う。全部含めて弓道って気がする」

楓の言葉を聞いて、モローはにっこり笑った。

「そうですね、その通りです。ふたりとも素晴らしい意見です」

こんなことが？　ほんとに？

「ここは本当に素晴らしい。壊しちゃ絶対ダメ。壊すのはカンタンだけど、同じものを造ることは二度とできない」

モローに言われると、そのとおりだ、と思う。新しくてぴかぴかの建物は快適かもしれないけど、味気ない。どの建物もコンクリートではあまり変わりばえしない。この弓道場のような建物は滅多にない。きっと長年積み上げてきた弓道会の人たちの歴史が記憶されているからだ。

「そう、それはいいけど、そろそろお茶を運ばなきゃ。ここで議論していたら、お茶が冷めてしまう」

三橋に促されて、楓はお盆を棚の上から取り出した。その上にお茶の入った湯呑みを三橋がひとつずつ並べていく。モローは空になったポットに水道の水を入れている。

「新しい施設には、お茶を淹れる場所があるんでしょうか？」

ふと思いついて楓が聞いてみる。三橋は首を横に振る。

「無いと思うわ。スポーツ施設だったら、自動販売機のペットボトルのお茶を各自買って、ロビーで飲むことになるんでしょうね。そもそも、こんな風に弓道場専用の和室スペースなんてないでしょうし」

「それって、つまらないですね」

休憩時間に和室に座ってみんなと雑談する、それも弓道の楽しみだ。いろんな世代の人からいろんな話を聞くのは楽しい。弓道についてのいろんなことも、そういう時に教わった。

新しい施設になったら、そういう時間も変わってしまう。そうしたら、弓道会の人間関係も変わってしまうだろうな。

「でも、弓道だけに専念したいという人は、それがいいのかもしれないわね。……さあ、運んでちょうだい」

楓はお盆を持ち上げた。いくつも湯呑みの載ったお盆は、手にずっしりと重い。湯呑みに入ったお茶がこぼれないように、楓はそろそろと歩き出した。

17

「では、時間なのでこれから説明会を始めます」

ホワイトボードを背にした会長が、時計を見ながら言う。公民館の会議室には、四人掛けのテーブルが二〇くらい並んでいるが、ほぼそれが埋まっている。楓はいちばん後ろの席に、光や智樹たちジュニアの会員と並んで座っている。これから弓道会の臨時総会が行われるのだ。弓道場の移転についての説明が、会長や理事からなされることになっている。

弓道会の会員って、こんなに多かったんだ。

楓は室内を見回した。前の方の席に理事や指導者の人たちが並んでいるのがわかったが、全体では知ってる顔より知らない顔の方がはるかに多い。練習時間が異なると、会ったことのない人も多い。楓は初心者クラスなので、上級者と会う機会は滅多にない。

土曜の午後なのにこれだけの人数が集まったってことは、みんな弓道場移転には関心があるんだろうな。私や光だって、やっぱり気になって来てしまったもの。

だが、その中に乙矢と善美はいなかった。その後もふたりはずっと休み続けている。モローも国枝もいなかった。モローは学会があるので、来るのが遅くなるということだった。

「では、まず最初にお渡しした資料をご覧ください」

資料はA4のコピー用紙で二〇ページほど。新しい施設のコンセプトや建物の設計図などが載っている。

「新しいスポーツ施設建設については市議会で決定されたことであり、その是非については議論しません。問題はその施設の建設予定地の候補に神社の一部が入っている、それも我々の弓道場の敷地に掛かっている、ということです。ここに建設されると、いまの弓道場は取り壊しになります。資料の三ページ目を見てください」

しんとした中、そこここでページをめくる音がする。楓も資料を開いた。そのページには、新しい施設の建設予定地の地図が載っている。

「その場合、新しいスポーツ施設の三階に武道場を造り、その中に弓道場も加えることが決まっています。新しい弓道場は一〇人立ちの、いまより広いスペースが取れるということです」

それを聞いて場内がざわついた。一〇人立ちということは、いまの倍の広さになる。一度に練習できる人数も増えるだろう。

「それは、決定なんですか？」

年配の男の人が、鋭い声で質問した。

「いえ、まだ正式ではありません」

「神社は、売りたいんじゃないの？　本殿建て替えの費用に困ってるんでしょ」

再び、男性が揶揄《やゆ》するような口調で言う。

「いえ、そういうことではありません。実は今回総会を開くことになったのは、神社の方から弓道会としての意見を求められたからです。神社としては、長年よい関係を築いてきた我々の意見を無視して話を進めるつもりはない、弓道会としてはどちらを希望するか教えてほしいと。それで、総会で弓道会としての正式な意見をまとめて、神社の方にお伝えすることになったのです」

会長はいちばん前の席から、会議室全体を見回した。

「なので、今日は皆さんの忌憚《きたん》のない意見を伺いたい」

「はい」

四〇代くらいの女性が手を挙げた。楓は顔だけ見たことがある。確か、この人は参段のはずだ。

「どうぞ」

会長に言われて、女性は立ち上がる。

「あの、突然のことなのでまだ考えがまとまらないのですが、移転することのメリットとデメリットを教えてほしいんです」

「そうですね。それについては、事前に理事の間で考えて、資料につけました。五ページ目を見てください」

そこには「移転による変更」として、よい点、悪い点と列挙されていた。

・よい点
設備が新しくなる。

冷暖房完備。

射場が広くなる（五人立ちから一〇人立ちへ変更）。

建物の管理は不要になる。

的や巻藁などの備品は施設側が提供し、管理も不要になる。

掃除当番は不要になる。

自転車置き場や売店、休憩スペース、更衣室、シャワー室、男女別トイレなど、施設全体の設備の使用が可能になる。

神社の行事への協力は不要になる。

・悪い点
会費が上がる（現状では正確な金額は不明。月額三〇〇〇円から五〇〇〇〇円程度か）。

弓道場の使用時間が朝九時から夜九時までに変更になる（現行より朝三時間短縮）。

週に一回、施設全体の休館日が入るため、弓道場もその日は使用禁止。それ以外にも、年に数回休館日がある。

弓や矢などの置き場が廃止になる。毎回、自分の道具は持ち運ぶ。

会員以外の使用者も参加するため、会員相互の連帯感が希薄になる。

長年培《つちか》ってきた神社との関係も希薄になる。


「新しい施設になると、建物や備品などの管理は不要なので、手間という点ではかなり軽減されます。これまで行ってきた神社への協力、たとえば境内の掃除や行事の時の労働奉仕などもいりません。ですが、その分、会費は上がります。手間をお金で買う、と言っていいかもしれません」

「あの、備品ではないですが、安土の養生なども施設側がやってくれるということですか？」

若い男性の会員が質問する。

「おそらくそうなりますね」

安土はおがくずと土を混ぜて作るのだが、練習が終わるたびに表面を均《なら》したり、年に何度か土を足したりする。それはかなりの手間である。

「じゃあ、ほんとに練習に行って、帰るだけってことになるんですね」

「そうなりますね」

「建て替え工事の間はどうしたらいいんですか？　工事はどれくらい掛かるんですか？」

「工事はおよそ二年がかりになる予定です。その間の練習は、隣の市との市境にある都立公園内の練習場を使うことになります」

そのあたりから、会議室のざわめきは大きくなっていった。

「一〇人立ちになるのはいいね。射場の床も広くなったら、体配の練習がやりやすくなるね」

「一般の人とはどう分けるのだろう。我々だけで貸し切りの時間が取ってもらえるんだろうか」

「会費がうんと上がりますね。これでは、年金生活者にはちょっと厳しい」

「それに、時間が短縮されるのもきついですね。出勤前に来て練習、ということができなくなる」

「だけど、夜の時間は変わらないから、会社終わりに練習に来るのは大丈夫だね。だったら、俺はそっちでもいいな」

「掃除がなくなるのは助かるわ。面倒なことをお金で買えるなら、私はそれでもいい」

「練習のたびに弓や矢を持ち運ぶのは結構面倒だよ。掃除よりもそっちがめんどくさい」

「更衣室やシャワー室がちゃんとあるのは魅力ね。いまの更衣室は狭すぎて、一度に一人しか入れないし」

「何より暑さ寒さから解放されるのがいいよ。ほんと、冬の寒さはつらいしね」

侃々諤々《かんかんがくがく》、いろんな意見が出てくる。てんでに話をしているので、収拾がつかない。

「あの」

誰かが手を挙げた。「どうぞ」と会長が指名する。

「それで、理事会ではどんな意見が出たのですか？　会長自身はどうお考えですか？」

みんなはしんとした。会長の方に視線が集まる。

「そうですね、あくまで個人的な意見ですが、私自身は移転もありかな、と思っています。ひとつには、現状神主さんの厚意で敷地をお借りしていますが、いまの神主さんもそろそろ退職されてもおかしくないお年です。新しい神主さんになった時、いままでのようなよい条件で貸してもらえるのか、その時になってみなければわかりません。そういう不安定な状態を続けていくことが、弓道会を継続させるうえでよいことなのかどうか、それがまず一点」

それは楓には思いつかなかった考えだ。神社との関係性は永遠に続くものではない。厚意にすがったやり方をいつまでも続けられるのか、続けていいのか、それは確かに難しい問題だ。

「それから、弓道を続ける環境が楽になること。これはとてもよいことだと思うのです。最近は万事楽に、快適にという風潮です。手間をお金で買う、という考え方をする人が増えています。とくに若い人たちについては。なので境内を掃除したり、安土や的の管理をしたりするのは面倒なこと。弓道はやりたいけど、面倒なことは嫌だからやめよう、と考える人がいるかもしれません。それでは若い会員は増えてくれない。実際、うちの弓道会も平均年齢が圧倒的に高い。それでは問題だと思うんです」

それを聞いた時、楓の中にもやもやするものが浮かんできた。

掃除が手間、確かにそうだけど。

白井さんは掃除だって弓道の鍛錬になる、と言っていた。そういう考え方で取り組めば、決して手間なんてことはない。それを教えてくれたのが弓道だというのに。

それに、若い人が手間を惜しむって、なんか私たちがなまけものみたい。

「それに、もうひとつ。どちらかといえばこっちの方が大きい理由かもしれません。現状の環境は、とくに年配の会員には、過酷だと思います。夏暑くて冬寒い。それは血圧にも決してよくはない。それで体調を崩す人も出るかもしれない」

それは前田のことを言ってるのだ、とその場の誰もが思った。あの日は寒かった。それがきっと前田の血圧に悪影響を与えたのは想像に難《かた》くない。なんとなく、会場の空気がドンと重くなった気がする。

「そういう理由で私は移転の方にメリットがあると思っています」

会長が語り終わると、みんな一斉にしゃべりだした。若い人が、とか手間をお金で買う、とかそんな言葉が耳に入ってくる。思わず楓は「あの」と手を挙げた。

「はい、矢口さん、何かありますか？」

みんなの視線が一斉にこちらを向いた。楓は急にどきどきしてきた。

なんで手なんか挙げたんだろう。学校でだって滅多に挙手なんかしないのに。だけど、会長の言ったことが若い人の意見のように思われるのは嫌だ。手間をお金で買うのは若い人、と思われるのは嫌だ。

モローにも言われた。なにも言わないのは、なにも考えていないことと同じだ、と。

「あの、掃除が面倒だっていうのは、私も最初は思っていました。でも、掃除をしていると、それまで気づかなかったこともいろいろわかるんです。夏の草の生える勢いはすごいとか、落ち葉は掃いても掃いても降り積もるとか。それって、自然を感じるってことだし、なんかいいな、と思って」

みんなが楓の言葉をじっと聞いている。楓は頭に血が上って、何を言おうとしていたのかわからなくなってきた。

「あの、弓道場が冬寒くて、夏暑い、それって自然と共にいるってことだと思うんです。確かに夏は暑いけど、樹々の影が落ちるところは意外と涼しいし、弓道場は開けているから風が気持ちいい。冬の寒さはつらいけど、その分お日さまのあたるところはぽかぽかして和む。そういう発見がある。だから、嫌なことばかりじゃない。だから、あの」

楓のドキドキは続いている。挙手なんかしなきゃよかった、と思っている。

「だから、その、施設が立派で便利だからいいってことばかりじゃない。その……」

言葉がしどろもどろになってきた。なんて続けたらいいんだろう、そう思った時。

「自然を感じながら弓を引く、それはとてもゼータクなこと。それこそ日本の文化だし、弓道をやるダイゴミだと思います」

楓の言葉を引き継いだのは、モローだった。モローがちょうど部屋に入ってくるところだった。

「遅くなってスミマセン。でも、ワタシも意見言いたかった。神社の中で弓道の練習をする、それがどれだけ素晴らしいことか、皆さん、わかってません。東京には、そういう場所、少ない。ワタシ、住んでるのは六本木《ろっぽんぎ》。だけど、そういう場所探してここをみつけた」

その言葉に、またみんなざわついた。神社の中の弓道場だから習いに来た、ということと、六本木在住ということのどちらによりみんなは驚かされたのだろう。六本木に住むってことは、よほどお金持ちなのだろうか。

「歴史ある建物、静かな環境、豊かな緑、どれをとってもここはサイコーです。いまがとてもいいのに、どうしてそれを変えようとするのですか？　日本人、古いものを大事にしない。それ、とても悪いこと。文化はすぐには育たない。古いものの中にこそあるのに」

「それはそうかもしれません」

返事をしたのは会長だった。

「だけど、昔に比べて日本の暑さ寒さは過酷だ。特に年配の人間にはきつい環境にある。文明の利器を使って、それを楽にしようとするのは悪いことではないと思いませんか？」

その時、「あのー」と誰かが声を出した。みんなが声のする方を向く。幸田だった。手に持ったスマホを会長の方にかざしている。

「この会議、病院にいる前田さんにリモートで流していたんですけど、前田さんの方が会長に言いたいことがあるって言ってます。いいですか？」

「え、ええ」

幸田は持っていたスマホの音声をスピーカーモードにした。

『前田です。移転の件ですが、年寄りを口実にしないでくださいね、会長。私が倒れたのは確かに高血圧にも原因がありますが、別に弓道場のせいじゃありません。仮に寒さが影響したとしても、それに対策を取らなかった私自身の責任です。そういうことを恐れていたら、何もできませんよ』

例によって、畳みかけるように前田がしゃべっている。会長は口をはさむ隙がない。

『それに、いまの弓道場をお借りできているから、私たちは自主的な運営ができているんです。練習時間とかお休みとか、好きに選ぶことができます。もし、新しい施設になったら、それはできないでしょう。弓道会の人はこの時間帯は練習に来ないでくださいと言われたら、それを拒否できますか？　それに、安土や的を自分たちで管理しないで、何が弓道ですか。そんなに面倒が嫌なら、弓道じゃないことをやればいいじゃないですか』

「とはいっても、神主さんが替わるとどうなるか、将来的なことを考えると」

『私ね、それが気になって、ほかの弓道会にも聞いてみたんです。ほかにも、神社の敷地を使用しているところはありますからね。そうしたら埼玉のある弓道会は、ＮＰ

O法人を作って神社と使用についての正式な契約書を交わしているんだそうです。私たちも、そういうことを考えるべきじゃないでしょうか。結局、市の施設を使うにしても、ただ漠然と使用させてもらうんじゃ、同じような問題が起こらないとも限りませんし』

「それはそうです。だけど、若い人を入れるためにはなるべく雑用は」

『だって、モローさんだって矢口さんだって若い人でしょう。若い人の中にも、弓道の魅力をわかってくれる人は必ずいます。矢口さんやモローさんは、ちゃんとわかっているじゃないですか。そして、そういう人じゃないと弓道は続きません。着替えひとつとっても、体操着に着替えるより面倒なんですから』

「はい、確かに」

前田に何か言うと、三倍になって反論が返ってくる。会長はそう思ったのか、反論するのをやめた。

『とにかく、年齢とか体調とか、よけいなことは考えないでくださいね』

「わかりました」

『それから、もしこの後、多数決をするなら、私は弓道場存続派ですから。そちらにはおりませんけど、存続賛成に一票入れてくださいね』

そこまで言うと、言いたいことは言い終わったと思ったのか、前田が幸田にスマホを切るように指示した。これから、主治医の診察があるのだそうだ。

いつもの前田さんだ、と楓は思った。とても病人とは思えない。

そして、私の言ったことをちゃんとわかってくれていた。それもちょっと嬉しい。

「はい、ではほかに意見のある人はいますか？」

会長はちょっとげんなりしている。前田の毒気にあてられて、それ以上語る気が失《う》せたようだった。

そうして、その後もしばらくみんなで意見を出し合った後、多数決を取った。実に継続派が移転派の三倍以上の票を獲得した。前田の強い意見に賛同した人が多かったのだろう。だが、自分の意見も少しはみんなの判断の役にたったかな、と楓はちょっと誇らしかった。

「では、継続派が多数ですので、弓道会としてはこのまま神社の敷地を使用させていただきたい、と神社側に伝えます。最終的には神社の判断だし、氏子さんの意見もあるのでそのまま通るかはわかりませんが、ともあれ今日は皆さんの忌憚のない意見が聞けてよかったです。長い時間お疲れ様でした」

会長がそう締めくくって会議が終わった。それでみんな三々五々、帰る支度をして会議室を後にする。

「楓、すごいね」

隣に座っていた光が唐突に言った。

「何が？」

「大勢の前で、よく自分の意見を言ったね」

「恥ずかしい。途中から支離滅裂だったでしょ。モローさんがカバーしてくれたから、なんとかなったけど」

「ううん。それでも、大人の人がこんなにたくさんいる中で自分の意見を言えるのはすごいよ。私も、若い人は便利を好むって言われた時、カチンときたけど、意見は言えなかった。楓っておとなしい子だと思ってたけど、ちゃんと言う時は言うんだね」

光に褒められて、楓はちょっと照れ臭い。それで、光に別の話題を振った。

「ところで、会長が氏子って言ってたけど、それって何？」

「氏子っていうのは、地元でうちの神社を信仰する人たちだよ。だから、神社に対して発言権があるんだって」

「そんなこと、よく知ってるね」

「実は、うちも神社の氏子だからね。おじいちゃんは氏子の集まりにも出ているらしいよ」

「ふーん。だったら、光のおじいちゃんに弓道場存続を頼んでもらったら」

光も、弓道場存続派に投票したひとりだった。

「一応そうするけど、うちのおじいちゃんは下《した》っ端《ぱ》だからなー。氏子総代とか、もっと偉い人だったら、発言力もあるんだけど」

「氏子総代？」

「確か大館って人がやってるんじゃなかったかな。この辺きっての大地主だそうだよ。だから、何かの折には寄進の額も多いし、神社に対して発言力もあるんだって」

「その人が味方してくれたら、大丈夫なんだね」

「うん。弓道会も氏子も弓道場継続に賛成となったら、きっと神社も賛成してくれる」

「そうか。その人が賛成してくれるといいね」

そう言いながら、楓は大館という名前を頭の中で反芻《はんすう》していた。

この名前、どこかで聞いたことがある。いや、この漢字をどこかで見たのだろうか。

そのまま会議室を出ようとした時、最初にもらったプリントが入り口の机にいくつか残っているのをみつけた。

「これ、もらっていいですか？　善美に、いえ真田さんに届けようと思うんですが」

真田兄妹はふたりとも弓道会に顔を出していないけど、マイペースの善美はともかく、乙矢くんは弓道場の移転について気になるに違いない。月曜日学校でこのプリントを渡して、今日の会議のことを善美に教えてあげよう。そうしたら、乙矢くんにも伝わるだろう。

受付にいた理事のひとりが「余っているからいいですよ」と言うので、一部もらって鞄の中に入れた。

週明けまで待たなくても、今日の帰りに寄ってもいいかな。でも、あの大きな屋敷に行くのは気が引けるなあ。

その時、突然思い出した。

大館というのは、乙矢と善美の家に掛かっていた表札だ。大きなお屋敷にふさわしい堂々とした名前。大館は、乙矢のおじいさんの苗字だ。

18

楓は再び善美と乙矢の自宅の前に、ひとり立っていた。会議が終わって帰る途中、そのまま立ち寄った。一度うちに帰ってしまったら、きっとまたここに来る勇気はなくなるだろう、と思ったのだ。

ドキドキしながらドアホンを押す。もし、またあのおかあさんが出たら、気持ちがくじけてしまうかもしれない。

「はい」

はたして、ドアホンに出たのは、やはり乙矢の母だった。

「あの、私、弓道会の矢口です。善美さんにお会いしたいんですけど」

「善美は外出しています」

「あの、乙矢くんでもいいんですが」

「乙矢も外出して……あ、あなた」

ドアホンの向こうで何かあったようだ。ガサガサという音がして、音が途絶えた。

楓は立ち去りがたくてその場から動けずにいると、しばらくして大きな門の横の通用口が開いた。そこから乙矢が顔を出す。

「よかった、まだいてくれたんだね。待たせてごめん。こっちから入って」

「いえ、そんな」

この場でプリントを渡してすぐ帰るから、と言おうとしたが、乙矢はすでに中に引っ込んでいた。仕方なく、楓も通用門を潜った。

「うわっ」

中は広い敷地に鬱蒼《うっそう》と樹が茂って、緑の影が覆っていた。

その広さに驚くよりも、薄暗い感じが気になった。

あまり居心地のいい家ではなさそうだな。

門から家までさらに二〇メートルほどあった。敷石《しきいし》を踏んで歩いた先には、純和風建築の立派なお屋敷が見えた。引き戸を開けると大理石を敷いた玄関がある。その玄関だけで、楓の部屋くらいはありそうだ。楓はふつうのスニーカーを履いて来たことをちょっと後悔した。この立派な玄関には不似合いな気がしたのだ。

「善美も喜ぶよ。善美の友だちがうちに来てくれたのははじめてなんだ。さあ、あがって」

嬉しそうな乙矢の様子に、楓は逆らえなかった。スニーカーを脱いで、差し出されたスリッパに履き替える。

それからよく磨かれた長い廊下を進んで、応接間へと通された。和風建築の外見にはそぐわないような広い洋間で、シャンデリアがつるされ、床にはペルシャ絨毯《じゅうたん》、部屋の奥には作り付けの暖炉がある。絵に描いたような金持ちの応接間だ、と楓は思った。

部屋の真ん中に置かれた高級そうな大きな黒い革のソファには、善美がちょこんと座っていた。善美は白いセーターに紺のスカートというシンプルな格好だが、セーターは上質なカシミアだ、ということが見て取れた。

そういえば、善美の私服を見るのは初めてだな、と思った。

「久しぶり」

広い屋敷で見慣れた顔を見て、楓はなんだかほっとした。善美は軽く頭を下げた。

善美の代わりに乙矢が言う。

「わざわざ来てくれてありがとう。そこに座って」

善美の前に座ると、乙矢が善美の隣に座った。

「今日は何の用？　もしかして、総会の件？」

「そう、これ」

楓は用件を思い出し、鞄の中からプリントを出した。

「それで、どんな説明があったの？」

やはり乙矢は移転の件を気にしていたようだ。

「説明については、プリントに書いてある。どんな建物が建つかとか、そちらに移転したらどういうメリットデメリットがあるか、とか」

乙矢は真剣な顔で楓から手渡されたプリントに目を通した。それを読み終わると、ぽつりと言った。

「なるほどね。便利にはなるってことか」

「そういうこと」

「だけど、僕は嫌だな。いまのままの弓道場が好きだし、スポーツ会館の中だといろいろ制限されて、いままでみたいに自由にはできなくなるだろうし」

乙矢が即答したので、楓は嬉しくなった。乙矢も同じ意見なのだ。だったら、おじいさんにお願いしてもらえるかもしれない。

「だよね。なんかそういうところで練習するとなると、いままでみたいにみんなでワイワイやれないだろうし。私も移転しない方がいいと思った」

「今日の会議は説明だけ？」

「説明の後、移転にみんなが賛成かどうか多数決を取ったの。それで、移転しない方がいいという人が圧倒的に多かったので、うちの会としては存続させたいということで意見がまとまったの」

「それで決まり？」

「ううん。弓道会が反対しても、結局は神社の決めることだし。神社がどうするかは氏子の人たちの意見も大きいんだって」

「氏子？」

「そう。乙矢くんのおじいさん、神社の氏子総代なんだって？」

「そうだけど」

「だったらお願いがあるんだけど」

その時、応接間のドアがさっと開いて、乙矢たちの母が入って来た。紅茶とパウンドケーキの載ったお盆を持っている。きちんと化粧をし、ベージュのニットのワンピースに真珠のネックレスをしている。そのままどこかにお出掛けするような格好だ。

母親が入ってくると同時に善美が立ち上がり、ドアの方へ行く。

「善美、お茶いらないの？」

母の言葉がまるで聞こえないように、善美は行ってしまった。

「よくいらっしゃいました」

乙矢たちの母は先ほどのドアホンのやり取りが嘘のように、愛想のいい笑顔で楓と乙矢の前にカップを置く。最後のひとつは善美のいた場所に置いた。それから、パウンドケーキの皿も並べて置く。そうして、「どうぞ召し上がれ」と言いながら、善美の座っていたソファに、そのまま彼女が座った。

プラムの柄のついた白い磁器のカップから紅茶の香りが漂ってくるが、目の前に善美たちの母がいるので、楓は緊張して動けない。

「母さんはいいよ。僕らで話してるんだから」

「あら、せっかく善美のお友だちが来てくださったんじゃない。私もお話を聞きたいわ」

「母さんってば」

「それとも、私がいたらまずい話？」

「別にまずくはないよ。矢口さんは弓道会の書類を届けてくれたんだ。いま、移転の問題が起こっているって。だけど、弓道会としては移転はしたくない。このまま神社の土地を使わせてもらいたいっていうんだ」

乙矢がそっけない口調で説明する。もう弓道をやっていることはばれているから、隠し立てしてもしょうがない、と思ったのだろうか。

「あら、だったらそれはうちにも関係ある話ね。おじいさまが氏子総代をされているから。だけど、おじいさまは最初っから弓道場建設には乗り気じゃなかったもの。無くなるならそれでもかまわないと思うんじゃないかしら」

「私が弓道場反対なんて、いつの話をしてるんだ？」

急に低い声がした。ドアのところには貫禄《かんろく》のある老人が立っていた。がっちりした体格で、顔立ちもいかめしい。テレビドラマなら大企業の会長か、大物政治家といった役どころのタイプだ。その後ろに善美もいる。

「おじいさま」

噂の大館さんだ、と楓は思った。その場に立ち上がって挨拶する。

「あの、私、矢口楓といいます。善美さんとは同じ学校で、その」

「ああ、こんにちは。どうぞ座ってください」

祖父に席を譲って、乙矢は楓の隣に座った。楓の座っていたのは三人掛けの長椅子で、反対側に善美も座る。ふたりに挟まれて、楓は真ん中に座ることになった。

「矢口さんといいましたね。善美のきゅうゆうだとか」

きゅうゆうが弓友であることに気づくまで楓は数秒掛かった。

「はい。いえ、あの、善美さんとは高校も同じですが」

そういえば、祖父もあまり自分たちが弓道をやることをよく思っていない、というようなことを乙矢が以前ほのめかしていた。だから、大館に弓道についての話をしていいのかどうか、楓は迷っていた。

「ふたりはどうかな。ちゃんと練習している？」

「はい。あ、でもいまはふたりともお休みされていますが」

「おや、そうなのか？」

大館は乙矢の方を見た。

「はい、受験が終わるまでは勉強に集中したいと思っています。善美の方はその……」

「おかあさんが弓道をやめろ、と言った。それでいまは休んでいる」

善美は祖父に対してもぶっきらぼうな言い方をする。

「弓道をやめろ、どうして？」

大館は善美の母の方を向いて尋ねた。

「どうして、って。ご存じでしょう？　私は子どもたちに弓道に関わってほしくないんです。嫌なことを思い出すから」

「嫌なことって、いつまでもこだわっていても仕方ないだろう。弓道が直接関係しているわけじゃないし」

「そうは言っても、嫌なんです」

「だけど、乙矢の名前はそもそも弓道にちなんでいるんだろ？　善美だってそうだ。子どもらが弓道に興味を持つのは仕方ないじゃないか？」

大館が弓道に賛成していることに背中を押され、楓は思い切って発言した。

「あの、以前乙矢くんは言ってました。おとうさんのことで覚えているのは、弓を引く姿だ、って。小さい頃一度だけ見て、それしか覚えていないから、乙矢くんの中ではおとうさんと弓道が結びついている。それだけがおとうさんとの繋がりだって」

それを聞いた途端、乙矢の母の顔色が変わった。

「乙矢、あなた覚えているの？　一度だけ見たって、それは」

大館の顔色も変わった。

「まさか、おまえ、あの時のことを」

楓はどうしたらいいかわからず、乙矢の顔を見る。自分はなにかとんでもないことをしゃべってしまったらしい。

乙矢は深く息を吸った。そして、こころを決めたように口を開いた。

「そう、僕は覚えている。お父さんが馬上で弓を引くところを」

乙矢の母の目が大きく見開かれた。

「それから、僕が馬の進路に飛び出して、とっさにそれを避《よ》けようとした父さんが馬を制御できず、落馬したことも」

一同の視線が乙矢に突き刺さる。楓も呆然として乙矢を眺める。

どういうこと？　馬上で弓を引くということは、ふつうの弓道ではなく、流鏑馬ってこと？

そして、乙矢を避けようとして、落馬した？

乙矢は平然としている風だったが、膝に置かれた手がかすかに震えていた。

「あなた、知ってたの？」

乙矢の母の声は震えていた。いまにも泣き出しそうだ。

それで、楓は乙矢の言葉が事実だったことを知った。

「ずっと知られないようにしていたのに。あなたには思い出してほしくなかったのに」

乙矢の目はどこも見ていない。自分の内側を見て、自分に語りかけるように言う。

「あの日、初めて僕は流鏑馬の練習に連れて行ってもらった。それまでは流鏑馬どころか、弓を引く父さんの姿も見たことがなかった。いつもと違う父さんの姿はとてもカッコよくて、晴れがましくて、僕ははしゃいでいた。母さんは善美がぐずったので、僕を誰かに預けて見学席から遠ざかった。僕を預かった人は隣の人としゃべるのに夢中になっていたので、僕はすっかり退屈していた。それで張ってあったロープを潜って、馬場の中に出てしまった。父さんをもっと近くで見たかったし、馬はまだ遠くにいるから大丈夫だと思ったんだ。だけど、馬の速さは僕が想像していたより速かった。それで、あっと気づいた時にはすぐ傍まで来ていた。誰かが『危ない』と叫んで僕を抱きかかえた。『きゃー』という悲鳴が起こって、何かが倒れる音がした。その後のことは覚えていない。僕の視界は真っ暗になって、いつの間にか部屋の中にいた」

一同は凍り付いたように黙っている。乙矢だけがひとり語り続ける。そこには、それまでの明るい好青年というイメージとはかけ離れた、誰にも言えない鬱屈を抱えた暗い目の少年がいた。

「それがどういうことだったのか、まだ四歳だった僕にはよくわからなかった。誰も父さんがどうなったのか教えてくれなかったし、母さんに聞いても『パパは遠くに行ってしまったのよ』と言うばかりだ。そして、父のことを語るのは我が家ではタブーになった。だから、それがはっきりわかったのは中学に入ってからだった。何かの拍子に父の名前をネットで検索して、それで知ったんだ。父が流鏑馬の稽古中、事故で亡くなったこと。原因については詳しく書いてなかったけど、それで僕の中であの時のことが繋がった。僕が父を殺したってことが」

楓は呆然として言葉がなかった。

乙矢くんのおとうさんが亡くなったのは落馬の事故。その原因を作ったのは、ほかならぬ乙矢くん自身だというのか。

「乙矢、それは違う」

「そうじゃない」

祖父と母が同時に声を出す。

「悪いのは乙矢じゃない。私があの時、席を外さなければ。あるいはお義母《かあ》さんがちゃんとあなたを見てくれていれば。あなたはまだ小さかったのだもの。なにが起こるかなんてわかるわけない」

「そうだ。避けられなかったことだ。誰が悪いんでもない、あれは事故だったんだ」

「でも、僕があの時、馬場に出なければ事故は起こらなかった。きっといまでも父さんは元気でいたはずなんだ」

乙矢の言葉に、母も祖父も黙り込んだ。楓も何を言ってあげればいいのか、言葉がみつからない。

まだ一八歳だというのに、乙矢くんはなんて重い記憶を背負っているんだろう。

「そんなこと、わからないでしょ。落馬しなければ交通事故で死んだかもしれないし」

沈黙を破ったのは善美だった。善美はいつもどおり平静な顔をしている。

「善美……」

「何が悪かったとか、いまさら言ってもどうにもならない。それがおとうさんの寿命だったんだよ。そう思うしかないよ」

「寿命？」

「乙矢がそれでくよくよしたり、おかあさんがめそめそ泣いたりしたところで、状況は変わらない。おとうさんが生き返るわけでもない。いつまでも過ぎたことをあれこれ後悔したって、なんの得になるの？」

そのドライな言い方に、みんなあっけにとられた。善美はちょっと人とずれているけど、この発言はあんまりだ、と楓は思った。それで思わず口をはさんだ。

「損とか得とかじゃなくて、乙矢くんが痛みを感じるのはどうしようもないよ。誰にも言わず、ずっとその痛みを抱えてきたんだ。それって、とてもつらいことだったと思う」

乙矢が楓の方を見た。その顔には痛みをこらえるような、いまにも泣き出しそうな、何とも言えない表情が浮かんでいる。

そんな乙矢を見るのはつらい。明るい好青年のままでいてほしかった。

「そうさせたくなかったから、おかあさんは必死で乙矢を守ろうとしたんだ。一敬くんの実家とも縁を切り、事故のことが乙矢の耳に入るのを防ごうとした」

祖父が重々しい口調で言う。

「父さんの実家と縁を切ることが、どうして僕の耳に入るのを防ぐことになるの？」

乙矢が祖父に尋ねる。

「一敬くんの実家は長野の大きな神社で、一敬くんはそこの跡取り息子だ。東京で就職していたけど、いずれは実家に帰ることになっていた。流鏑馬も、その神社で代々受け継がれてきたものなんだよ。事故が起こったのは、その神社の境内だったんだ。だから、一敬くんの実家の周りには、事故のことを知っている人が多い。おかあさんはそういう人を乙矢に近づけたくなかったんだよ」

乙矢は驚いたように目を見張っている。まったく知らされていなかったことなのだろう。

「だけど、どうしておかあさんは弓道まで禁じたの？　流鏑馬とは違うし、僕が自分の名前から弓道に興味を持つと思わなかったの？」

「それは私も同感だ。梢《こずえ》は気にしすぎではないかと思うよ」

大館も乙矢の意見に賛成する。乙矢の母は、少し間をおいてから話し始めた。

「私は、乙矢に事故のこと自体、知ってほしくなかった。報道では事故の詳細は出なかったけど、あなたが事故のことを知れば、どうしておこったのか、原因を詳しく知ろうとしたと思う」

乙矢の母は泣くまいとしてか、唇を嚙みしめている。

その姿に、楓はこころを打たれた。

厳しいおかあさんだと思っていたけど、そうじゃなかった。息子を守ろうとする一心で弓道から遠ざけようとしていたんだ。

「あの当時の弓道会の人たちは、みんなおとうさんのことを知っていた。あの頃、私たち家族は駅の近くのマンションに住んでいたし、おとうさんはあなたたちが通っている弓道場で練習していた。お葬式にも、皆さん来てくださった。あれから一四年しか経っていない。だから、まだ事故のことを覚えている人もいるはずだと思ったの」

「国枝さんは知っていたけど、何も言わなかった」

乙矢がぽつりと言う。

「国枝さんは、あの事故の時にも居合わせたの。国枝さんは流鏑馬仲間でもあったから、おとうさんが長野に見に来ないかと誘ったの。それで、あの日の練習を見ていたのよ。事故の瞬間、あなたを抱きかかえて、あなたの目をふさいだのは国枝さん。それから、関係者に口止めして、あなたの名前が出ないように動いてもくれた。だからマスコミには馬が突然暴れておとうさんが振り落とされた、と伝わっている」

乙矢の母は『国枝さんには世話になった』と言っていた。それは、こういうことだったのか、と楓は思った。そして、ふと思いついた。

「もしかして、国枝さんが乙矢くんのお父さんのことは黙っているように、と先輩たちに言ってくれたのかもしれない」

弓道会では二〇年三〇年続けている人も少なくない。五年一〇年の弓歴ではまだまだだとされる世界なのだ。わずか一四年前のことなのに、乙矢の父の話題が弓道会で出たことはない。真田という苗字、乙矢という名前からたやすくその父のことが連想されるはずなのに。

「そうかもしれない」

乙矢も大きくうなずいた。

「弓道会では誰も僕に真田の息子か、と聞かなかった。だから、父を知ってる人がいるなんて思いもしなかった。よく考えるとすごく不自然だよね。まるで口裏を合わせて父との関係に触れないようにしていたみたいだ」

きっとそうなのだろう。弓道会では弓道以外の各自のプライベートは詮索しない。そういう無言のルールがある。だから、乙矢が自分で言わない限り、そのことに誰も触れようとしなかったのだ。

「いい先輩たちだね。乙矢も善美もいい先輩に恵まれている。ねえ、梢」

乙矢の母は涙をこらえるようにうつむいていたが、黙ったままうなずいた。

それを聞いて、楓もちょっと救われたような気持ちがした。乙矢の抱えたものを知っていても、知らないふりをする。そして、見守ってくれる。

乙矢は決してひとりではなかったのだ。

みんなしばらく言葉がなかった。それぞれの想いを嚙みしめるように沈黙していた。それを破ったのは大館だった。唐突に、楓に話し掛ける。

「ところで、お嬢さん、すみませんでした。身内の話につきあわせてしまって」

大館は、最初に見た時のような落ち着きと威厳を取り戻していた。

「いえ、その、私、誰にも言いませんから」

とっさにそんな言葉が口をついて出た。乙矢の母がひた隠しにしてきた秘密。乙矢にはとっくに知られていたとしても、それが広まるのは好まないだろう。

「ああ、それは信じていますよ。あなたは善美の親友ですから。善美が信じている人間なら、私も信じます」

私が善美の親友？　弓友っていうなら、そうかもしれないけど。

相変わらず楓はぴんとこない。

「ところで、私に何か用があったんじゃないですか？　善美がそう言って私を呼びに来たんですが」

そうだった、それが自分の用件だった。ほんとうは乙矢に頼んで祖父を説得してもらおうと思っていたのだけど、いまなら直接話ができそうだ。

「はい、あの、いま弓道場移転の話が出ているのをご存じですか？」

「ええ、もちろん」

「弓道会では移転反対なんですけど、氏子さんたちの方でもそれに賛同してくださるといいのですが」

「ああ、それは当然ですよ。弓道場が最初にできる時には、私は反対の立場だった。ただで土地を貸してくれなんてずうずうしい申し出だと思ったし、神社にメリットがあるか、と思った。だけど、この四〇年、弓道会の人たちは本当によくやってくれた。掃除とか行事の手伝いとか、弓道会がいなければ立ち行かない」

「じゃあ、移転には反対していただけるんですね」

「もちろんだよ。それに、うちの神社も弓道場のある神社として有名になってるしね」

「え、ああ、あのテレビのこと」

少し前に、東京ローカルのテレビ番組で弓道場が紹介されたのを楓は思い出した。

「あの時、善美もしっかり映ったんだそうだな。氏子仲間に聞いたよ。お孫さん、弓道やっていらっしゃるんですねって。私も観たかったよ」

「じゃあ、おじいちゃん、私が弓道やってることを知ってたの？」

善美の問いに、大館は深くうなずいた。

「だけど、善美が内緒にしているみたいだったから、黙っていたけどね」

「なんだ、だったらもっと早く言えばよかった」

善美の口調があっけらかんとしていたので、楓はなんだかほっとした。乙矢の痛みはこれからも消えないだろうけど、これからはひとりで背負っていくことはない。家族と分かち合えるならまだ救われるだろう。

それに、善美がいれば大丈夫だ。なぜか楓はそんな気がしていた。

19

その会場は、都会のど真ん中にある明治神宮の敷地の一角にあった。山手線《やまのてせん》の原宿《はらじゅく》駅のすぐ近くに、森のように大きな木々が鬱蒼と茂った場所がある。あまりに広いので公園だとばかり楓は思っていたが、そこが神社だということを初めて知った。

今日は段級審査の日だ。楓は同じ弓道会の人たちと一緒にここ、明治神宮至誠館弓道場に来ていた。

神社の移転問題は結局、白紙になった。神社の人たちも弓道会とやっていくことを望んだのである。その結論が正式に発表されたのは、つい一週間前のこと。それで今日はみんなすっきりした気分で審査に臨むことができるようになった。

会場に向かう一団の中に善美もいる。あの話し合いの後、すぐに善美は弓道会に復帰した。それだけでなく、胴着やカケなど自分の道具を揃えたのだ。善美は説明しなかったが、母親や祖父から弓道を続けることを許されたのだ、と楓は思った。三ヵ月近く休んでいたのに、善美はそんなブランクを感じさせなかった。休まず続けている楓よりも中りの数が多い。その好調のまま審査日を迎えた。楓の方は相変わらず中りは滅多にない。モローも小菅も三橋も同じようなものだったから、初段の受験者はそれが普通なのだろう。

「小菅さん、やっぱり来られなかったですね」

楓の横を歩いていた三橋が残念そうに言う。前日の練習中に小菅の息子から電話が入り、子どもが発熱したから面倒をみてほしい、と頼まれたのだ。息子夫婦は共働きで、土日も休みではない。なので、しばしば小菅が孫の面倒を引き受けるのだそうだ。

「明日の審査は受けられないわね」

電話を切った小菅が、溜め息交じりに言った。

「孫をひとりでうちに置いておくわけにはいかないし」

「そんなのダメですよ。遠慮しないで、明日は予定がある、ってちゃんと言わなきゃ。ずっと準備してきたんじゃないですか」

思わず楓は強い口調で言った。

「でもまあ、審査はまた受けられるし」

「そんなの、わからないよ。次はまた予定が入るかもしれないないし、急に病気になるかもしれない」

「それはそうだけど」

「それに私が孫だったら、自分のためにおばあちゃんがやりたいことをあきらめたなんて嫌だもの。おばあちゃんだって、好きなことを頑張ってほしいもの」

小菅ははっとした顔で楓を見た。

「ずっと一緒に練習してきたんだもの。同期みんなで合格しましょうよ。前田さんだって、きっとそっちの方が喜んでくれるよ」

小菅は楓の言葉を噛みしめるようにうなずいた。

「そうね、もう一度息子夫婦と話してみるわ」

そんなやり取りがなされたのが昨日の午後。しかし、息子夫婦を説得できなかったようだ。小菅はここにいないのだから。

「残念だね」

三橋は言うが、楓はまだ小菅が来ると信じたかった。

「まだわからないわ。これから来るかもしれない。開会式までまだ時間があるし、間に合うかもしれない」

楓は自分に言い聞かせるように言った。三橋は「そうね」とつぶやくように言った。

神宮の敷地に足を踏み入れると、大きな木々に囲まれているので外の様子がまったくわからない。緑の壁の向こうから響く車の行き来する音だけが、ここが都会のど真ん中であることを教えていた。木々に挟まれた舗装路を延々歩いて行くと、やっと弓道場が見えてきた。白い二階建ての建物の前に、大勢の人がたむろしている。

「まず順番をチェックしましょう」

先輩が建物の外の壁に貼られた紙を指差した。そこに審査の順番が書かれているのだ。自分の番号を探す。五人ずつ一組になって審査を受けるのだが、楓の番号は七十四番、グループでは四番目となっていた。同じ組の五人目、落ちは小菅、善美は次のグループの大前つまりいちばん先頭、二番目が三橋、三番目がモローという順番になっていた。弓道会の同期は半分に分かれたことになる。

「よかった、四番目だ」

大前じゃない、ということで楓はかなり気が楽になった。これまで練習をしてきたから、射そのものはちゃんとできると思うが、入退場については不安がある。楓たちの練習している弓道場より、こちらの方が射場が大きい。間口も奥行きも広いから、いつもなら三歩で行けるところを五歩とか七歩で歩くことになる。大前はみんなを先導する立場なので、どこで曲がるかとか止まるかとかは自分で判断しなければならない。大前が間違えればみんなが間違う。責任重大だ。そして、入退場も審査の対象になっているのだ。

四番目なら前に付いていけばいいだけなので、なんとかなるだろう。

その日審査を受けるのは参段までだったが、初段の受験者だけでも一〇〇人近くいる。混雑する更衣室の隅に場所を見つけて着替え、待合室に荷物を置いた。早く来たので、同じ弓道会のメンバーで待合室のテーブル席を確保することができた。

審査は一日掛かりだ。初段は朝いちばんに実技審査があり、学科審査は二時頃だ。そして、結果発表は五時頃になる。審査よりも待ち時間の方が長い。だから、テーブル席にいられるのは楽だ。ノートを広げて学科試験の勉強をするのもやりやすい。テーブル席が取れなかった人たちは、床に座って時間を過ごす。荷物を床に広げ、自分のテリトリーを作る。それで埋め尽くされるから、待合室の中は歩くのもたいへんなくらいだった。

「これ、みんなで食べようと思って」

先輩のひとりがあられの袋をテーブルに置いた。

「私も持ってきた」

別の先輩がチョコレートを置くと、また別の先輩が飴《あめ》を置いた。

「私もです。みんな食べてください」

三橋も煎餅の入った袋を出した。

別の先輩が上等そうな箱入りのクッキーを置いた。

「これ、幸田さんからの差し入れ」

そうして、テーブルの上はお菓子でいっぱいになる。

「こんなにたくさん。お弁当もあるし、ピクニックみたいですね」

モローが嬉しげに言う。

「私も、何か持ってくればよかったですね」

楓が言うと、みんなは「そんなこといいの」と言う。

「楓ちゃんは高校生だもの。気にしなくていいのよ」

と、三橋が言ってくれるが、楓は申し訳ない、と恐縮していた。しかし、善美は気にする様子もなく、目の前に置かれたクッキーをさっそくつまんでいた。

開会式の前に少し時間があったので、楓たちは巻藁で練習をした。五つ六つある巻藁の前にも、人がずらりと並んでいる。それでも楓は三回くらい練習することができた。

本番は的前で一発勝負だ。二射だけで審査される。初段は中りは問題ではないというが、安土まで矢が届かなかったり、上の幕に矢が中ったらダメだという噂だった。初段になれなくても級はもらえるそうだが、やはり初段を取りたい。

白井の指導が始まってから、楓の射は安定してきた。中りは多くないが、安土の前で矢が落ちたり、見当違いの方に飛んで行ったりすることは滅多にない。だから、その調子でやれば大丈夫だ、と久住にも言われた。

久住や隅田ら指導者たちは、弓道場の脇にある観覧席で審査の様子を見ているという。その前で、恥ずかしい射はできない。

開会式は実技審査も行う射場で行われた。一〇人立ちの射場はいつもの弓道場とは比べものにならないくらい広い。床もぴかぴかに磨かれている。視界が広いせいか、射場から的までの距離も遠くに感じられる。

嫌だなあ。せめて一度は本番の会場で練習したかったな。

急にドキドキしてきた。隣の善美はというと、いつものように平然としていた。モローは雰囲気を楽しんでいるようで、きょろきょろあたりを眺めている。緊張しているのは自分だけのようだ。

「楓ちゃん、大丈夫？　顔色悪いわよ」

三橋に言われて、我に返った。

「え、はい、大丈夫です」

「このあとすぐ初段の審査だからね。頑張りましょう」

開会式が終わると、初段の受験者たちは射場の前のホールに集合した。楓たちの順番は後半だ。審査の番号順に、列になって待機するのだ。

「欠席者のところは空けないで、詰めてください」

係の人が受験者たちを、前から五人ずつ一組に分けている。

「えっと、ここまでで五人目だから、あなたは次のグループね」

「えっ、じゃあ私は大前なんですか？」

四番目と思って楓は安心していたのだが、欠席者が多かったため大前にまで繰り上がったのだ。

「そうなりますね。……はい、次の五人」

係の人は楓の戸惑いに頓着せず、機械的に割り振っていく。

「わ、どうしよう。大前だけは避けたかったのに」

楓が悲痛な声を出すと、後ろにいる善美はめんどくさそうに肩をすくめた。

「大前の方が、自分のペースでできるからいいのに。私は大前やりたかったな」

善美らしいと楓は思う。善美だったら、どの位置でも飄々《ひょうひょう》と射をするだろう。

「だけど、大前って目立つじゃない。審査員の席にも近いし。それに、間違えると後ろの人にも迷惑掛けるし」

「いいじゃない、そんなこと」

「だって……」

「審査なんだから、ちゃんと見られるのは当然のこと。それに、ほかの人のことは関係ない。つられて間違えたとしたら、それは間違えた方が悪い」

「それはそうだけど」

「自分は自分、人と比べない。弓道ってそういうものでしょ？」

その通りだけど、善美の言うニュアンスはなんか違う気がする。どこがどう、とはうまく言えないけど。

だけど、嫌だな。ドキドキしてきた。このままじゃ、本番で緊張してしまう。

えい、鎮《しず》まれ、私の心臓。

大丈夫、大前でもきっとうまくいく。きっと成功するから。

そう自己暗示を掛けようとしたが、うまくいかない。緊張のあまり胃が痛くなりそうだ。

ふと、中学時代のテニスの試合の光景が脳裏に浮かんできた。始まる前から手に汗をかいて、うまくいく気がしなかった。そうして、試合が始まっても、足がすくんで思うように動けなかった。

「ファイト！」

自分がミスするたび、いっしょにダブルスを組んでいた友人がそう声を掛けてくれた。だけど、その声には苛立《いらだ》ちの響きがあった。中学最後の試合なのに、なんでそんなぶざまなの？　そう言われている気がして、身体がますます硬くなった。なんで嫌なことを思い出すんだろう。また、あの時みたいに身体が動かなくなるんだろうか。

その時、どこかで聞いたような声がした。

「すみません、遅くなりました。まだ間に合うでしょうか？」

声の方を見ると、小菅が係員に尋ねているところだった。

「小菅さん、こっち」

「あ、楓ちゃん」

小菅と係員が近づいて来た。係員が番号を確認する。

「えっと、あなたはここになりますね。じゃあ、ここからひとりずつ後ろにずれてください」

「どうもすみません。ご迷惑お掛けします」

小菅が後ろの人たちに向かって頭を下げる。その落ち着いた顔を見て、楓は自分も心が鎮まっていく気がした。

「間に合ってよかったですね。結局、お孫さんの件は大丈夫だったんですね」

「ええ、楓ちゃんに言われて、私も勇気が出た。それで、どうしてもこっちに行きたいと息子たちに訴えたの。もう年だし、弓道だっていつまでできるかわからないから、審査を受けさせてくれって。前田さんのこと考えたら、やっぱり時間は限られていると思ったし。そうしたら嫁と息子で話し合って、午前と午後交代で仕事に行くことにしてくれたの」

「そうだったんですね」

「よかった、よかった」

「それに、これで五人で同じグループになれるわね」

モローも三橋も喜んでいる。善美も少しだけ頰が緩んだように見える。

そう、五人揃えば、会場は違ってもいつもと同じだ。同じメンバーだ。

「これも楓ちゃんのおかげね。ありがとう」

「そんな、お礼を言われるようなことじゃないですよ」

「ううん、とても助かった。だけど、出る直前まで家のことをしてたら、集合時間に間に合わなくなってしまったの。それで、ひとりで電車に乗って来たのだけど、駅を降りてからここに来るまでの道がわからなくて、すごく焦ったわ。結局、駅まで戻って、おまわりさんに教えてもらってたどり着けたのよ」

「でも、間に合ったのだから大丈夫ですよ。小菅さん、ツイています」

「それはそうね。こうして同期でグループで審査を受けられるっていうのも嬉しいことね。みんなでいっしょに頑張りましょう」

「はい、よかったです。みんないっしょ、とても嬉しい。ワタシ、三月にフランスに帰ります。だから、どうしてもみんなと受けたかった」

「えっ、そうだったんですね」

みんなは驚いてモローの顔を見た。モローが今回の審査にこだわっていたのは、そういう理由だったのか、と楓は思った。

そうなると、同期五人での体配はもうできなくなるのだ。それはとても寂しい。

「次のグループ、こちらに移動してください」

係の人に促されて、射場のすぐ裏手の待機場へ移った。各自手にしていた弦巻を、係の人に手渡す。審査中に弦が切れた時のための予備の弦を、あらかじめ預けておくのだ。

「いよいよ本番ね」

後ろに座っている小菅が、楓にだけ聞こえるよう耳元にささやく。

「ええ、緊張しますね」

楓は掌《てのひら》に汗を感じて、胴着のポケットにしまってあったハンカチでそっと手をぬぐった。

「だけど、幸せだわ」

聞き違いかと思って、楓は振り向いて「えっ？」と問い掛けた。

「だってね、こうやってここにいられるってとても贅沢《ぜいたく》なことだと思うの。まわりが理解して、協力してくれるから、ここにいられる。平和で災害もないから、こうして好きなことができる。ほんと、しあわせなことだと思うわ」

「それは……そうですね」

小菅の言うことはもっともだ。もっとも過ぎて、なんか陳腐に聞こえる。そんな楓を見て、小菅は微笑んだ。

「楓ちゃんにはわからないでしょうね。これからもっと楽しいこと、好きなことをどんどんみつけてチャレンジしていくでしょうから。だけど、私くらいの年になるとこれから何ができるか、いつまでできるか、考えてしまうの。思い切って弓道を始めたけど、一年も続けられるか、ほんとは半信半疑だったのよ」

そんなこととは、ちっとも思わなかった。小菅さんはいつも真面目に練習に通っていたし、学生の自分たちより時間の融通もきくのだと思っていたけど、実は私たちよりたいへんなのかもしれない。

いや、モローさんだって来月には帰国してしまう。その後は続けられるかどうかわからない。善美は弓道の許しを得るまでに、家族との対立があった。いっしょに入会した田辺さんはパートの都合で辞めてしまった。三橋さんも、昇段審査がなければやめていたかもしれない。

私は家族に応援され、好きなだけ弓道をやることが許されている。前田さんや久住さんたちも、遅れて参加した私を温かく受け入れ、惜しみなく知識や技術を教えてくれた。

いま私がここにいて、こうして審査を受けられるのは自分の力だけじゃない。いろんな人の支えがあるからだ。

「次のグループ、こちらで待機してください」

いよいよ順番が来た。楓たちは射場の入り口のところに、弓を持って並んだ。

「では、よろしくお願いします」

大前の楓が、振り向いて挨拶する。不思議と気持ちが落ち着いてきた。

「よろしくお願いします」

みんなも、挨拶を返してくれる。

「みんなで合格しましょう」

「はい！」

楓の号令に、みんな明るく返事をした。楓は執弓の姿勢で入り口に立った。視界が広がり、一〇人立ちの広い射場が見渡せた。

ああ、なんて清々《すがすが》しくて、気持ちのいい場所なんだろう。

掃除の行き届いた白木の床、矢道とその先の的、寒い日にもかかわらず半分くらい埋まっている観客席。その中には、久住さんや隅田さんたち楓の指導者もいるはずだ。

そして、会場にはいないけれど、前田さんも病室から応援してくれているはず。

楓は大きく息を吸った。

「自分に集中して、呼吸を整えて」

前田さんの声が聞こえるようだ。

「あなたは油断すると背中が丸くなる。背筋をぴんと伸ばして、堂々と入場しなさい。教えた通りやれば大丈夫だから」

そうだ、いままでの練習は自分だけじゃない、前田さんや久住さんや白井さん、国枝さんたちがいたからできたことだ。

その人たちの教えが私の中にある。私の射を作っている。

自分はひとりではない。

ふたつ前のグループの射が終わった。入り口のところで待機している係員が、楓に目で合図する。楓は息を大きく吸った。さあ、入場だ。楓は大きく足を踏み出した。


「あなた方、ほんとによかったわ」

五人の合格が発表になった後、久住が嬉しそうに言った。審査が終わったので、観客席にいた指導者たちも、建物の中に来てくれたのだ。合格が張り出された二階の踊り場には、人がたむろしている。その場所から少し離れたところに、同じ弓道会の人たちは固まっていた。弐段以上の発表はこれからだが、初段は五人全員合格していた。

「入場の時も五人ぴったり合っていた。練習の時よりずっと揃っていたわ」

それは楓も感じていた。自分自身の動作が速すぎないか、後ろのみんなと揃っているか、それだけを意識していた。みんな息が合っていたと思う。

五人の射は五人の動作で作り上げるものだ。決められた順番に弓を立て、立ち上がり、矢をつがえ、射る。そして座る。また立つ。

ひとりでも間違えたり、戸惑ったりすれば、調和を乱す。弓を射る瞬間だけでなく、入場してから退場するまで、五人でひとつの音楽を奏でているようなものだ。その流れの中での射は的には中らなかったが、気持ちよく、まっすぐに飛んで行った。

実技がうまくいったので、その後の学科試験も、落ち着いて書くことができた。小菅やモローにつられて一生懸命暗記したので、漢字も間違えなかったはずだ。

始まる前にはあれほど緊張していたのが嘘のようだった。先輩たちに言われたように、初段審査を受けた大半は合格していた。終わってみれば合格はあたりまえのことのようだが、楓は何かひとつ大きなものを越えたという気がした。

「ほかの指導者の方たちにも、連絡しなきゃね。会長やほかの理事にも」

「手分けして、連絡しましょう」

関係者に連絡を取ると、それから各自身内や友だちに連絡した。楓はＬＩＮＥで母に連絡した。打ち終えてすぐにＬＩＮＥの返信の音がした。

あれ、おかあさんからの返事にしては早いな。

しかし、母ではなかった。ジュニアのグループラインにメッセージが届いていた。

真っ先に届いたのは光のメッセージだ。

『おめでとう。当然、受かると思ってたけど』

『やったね、これで俺と並んだね』

と、書いて来たのは智樹だった。

続けてまたメッセージが届いた。その差出人の名前を見て、思わず楓は声を出した。

「えっ、嘘」

メッセージは前田からだった。まだ入院中だから、病室で打ったのだろうか。身体の方は大丈夫なのだろうか。もしかしたら、付き添いの人に頼んで打ってもらったのかもしれない。

『皆さん、合格おめでとう。この一年、皆さんよく努力しました。だけど、初段は弓道という長い道のりの一里塚にすぎません。これからも先長く頑張りましょう』

前田さんらしい、と楓は思わず微笑んだ。

自分のことよりもまず私たちのこと、そして、ちょっとお説教も入っている。

「おめでとう！　よかったね」

ふいに、知った声が耳に届く。スマートフォンの画面から顔を上げると、そこには乙矢がにこにこしながら立っている。

「あれ、乙矢くん、どうして？」

「今日、私大の合格発表だったんだ。それで近くまで来たんで、寄ってみたんだ」

「そっちはどうだった？」

「うん、合格した。本命の国立大がもしダメだとしても、ここに行くと決めている。これで春から大学生になれることが決まったよ」

「わあ、よかったね、おめでとう」

楓はほっとしていた。乙矢と会うのは、あの話し合い以来だ。身内だけの深刻な話し合いに、部外者の自分が居合わせたことを不愉快に思っていないか、気になっていたのだ。自分の弱みを握られたように乙矢に思われて、嫌われたかもしれない、と恐れていた。

だけど、今日の乙矢はいつもの乙矢だった。あの時のことなど気にしていないようだ。

「あれ、乙矢。なんでここに？」

善美が傍に来て、不思議そうに聞く。

「いや、私大の合格発表を見に来たついでに」

「え、だって、そっちの合格発表はもう三時間も前だったじゃない。おかあさんから
とっくに連絡もらったよ。それから、ずっと待ってたの？」

「いや、その、塾の図書館で勉強してたんだけど、こっちも気になって」

乙矢はちょっと焦ったような顔で、妹に言い訳をする。

「なんだ、楓に会いに来たのか」

善美があっけらかんと言うので、楓はどきっとしたが、すぐに訂正した。

「そうじゃなくて、善美の結果を見に来たんでしょ」

乙矢が自分に会いたいなんて、そんなわけがない。

「結果はＬＩＮＥで教えたもの。それに、家に帰れば会えるし」

「それは……」

乙矢が珍しく言葉を失っている。

まさか、ほんとに？

ほんとに乙矢くんが私のことを気にしてくれたの？

「だって乙矢、楓のこと気に入ってるし」

からかうのでもなく、さらりと善美が言ったので、それはより真実めいて聞こえた。

「馬鹿、おまえ」

乙矢の顔が赤くなっている。

図星ということなのだろうか。

乙矢くんが私のことを？　ほんとに？

楓はどきどきして、乙矢を見つめた。乙矢も楓をみつめかえす。そのまなざしは限りなく優しかった。

監修・弓馬術礼法小笠原教場

参考資料：公益財団法人全日本弓道連盟編『弓道教本　第一巻　射法篇（改訂増補）』

本書は講談社文庫のために書下ろされました。

|著者| 碧野 圭　愛知県生まれ。東京学芸大学教育学部卒業。フリーライター、出版社勤務を経て、2006年『辞めない理由』で作家デビュー。大人気シリーズ作品「書店ガール」は2014年度の静岡書店大賞「映像化したい文庫部門」を受賞し、翌年「戦う！書店ガール」としてテレビドラマ化され、2016年度吉川英治文庫賞にもノミネートされた。他の著作に「銀盤のトレース」シリーズ、「菜の花食堂のささやかな事件簿」シリーズ、『スケートボーイズ』『1939年のアロハシャツ』『書店員と二つの罪』『駒子さんは出世なんてしたくなかった』『跳べ、栄光のクワド』『レイアウトは期日までに』などがある。本書は『凜として弓を引く 青雲篇』『凜として弓を引く 初陣篇』へ続く弓道青春シリーズ第１弾。

凜《りん》として弓《ゆみ》を引《ひ》く
碧野《あおの》 圭《けい》
© Kei Aono 2021
2021年10月15日第１刷発行
2024年８月27日第13刷発行

講談社文庫
定価はカバーに
表示してあります

発行者――森田浩章
発行所――株式会社　講談社
東京都文京区音羽2-12-21　〒112-8001
電話　出版（03）5395-3510
　　　販売（03）5395-5817
　　　業務（03）5395-3615
Printed in Japan

デザイン―菊地信義
本文データ制作―講談社デジタル製作
印刷―――株式会社KPSプロダクツ
製本―――株式会社KPSプロダクツ

落丁本・乱丁本は購入書店名を明記のうえ、小社業務あてにお送りください。送料は小社負担にてお取替えします。なお、この本の内容についてのお問い合わせは講談社文庫あてにお願いいたします。
本書のコピー、スキャン、デジタル化等の無断複製は著作権法上での例外を除き禁じられています。本書を代行業者等の第三者に依頼してスキャンやデジタル化することはたとえ個人や家庭内の利用でも著作権法違反です。

ISBN978-4-06-525707-4

講談社文庫刊行の辞

二十一世紀の到来を目睫に望みながら、われわれはいま、人類史上かつて例を見ない巨大な転換期をむかえようとしている。

世界も、日本も、激動の予兆に対する期待とおののきを内に蔵して、未知の時代に歩み入ろうとしている。このときにあたり、創業の人野間清治の「ナショナル・エデュケイター」への志を現代に甦らせようと意図して、われわれはここに古今の文芸作品はいうまでもなく、ひろく人文・社会・自然の諸科学から東西の名著を網羅する、新しい綜合文庫の発刊を決意した。

激動の転換期はまた断絶の時代である。われわれは戦後二十五年間の出版文化のありかたへの深い反省をこめて、この断絶の時代にあえて人間的な持続を求めようとする。いたずらに浮薄な商業主義のあだ花を追い求めることなく、長期にわたって良書に生命をあたえようとつとめるところにしか、今後の出版文化の真の繁栄はあり得ないと信じるからである。

同時にわれわれはこの綜合文庫の刊行を通じて、人文・社会・自然の諸科学が、結局人間の学にほかならないことを立証しようと願っている。かつて知識とは、「汝自身を知る」ことにつきていた。現代社会の瑣末な情報の氾濫のなかから、力強い知識の源泉を掘り起し、技術文明のただなかに、生きた人間の姿を復活させること。それこそわれわれの切なる希求である。

われわれは権威に盲従せず、俗流に媚びることなく、渾然一体となって日本の「草の根」をかたちづくる若く新しい世代の人々に、心をこめてこの新しい綜合文庫をおくり届けたい。それは知識の泉であるとともに感受性のふるさとであり、もっとも有機的に組織され、社会に開かれた万人のための大学をめざしている。大方の支援と協力を衷心より切望してやまない。

一九七一年七月

野間省一

青木祐子 コーチ！〈はげまし屋・立花ことりのクライアントファイル〉
秋保水菓《あきうすいか》 コンビニなしでは生きられない
相沢沙呼 medium《メディウム》 霊媒探偵城塚翡翠《じょうづかひすい》
相沢沙呼 invert《インヴァート》 城塚翡翠倒叙集
新井見枝香 本屋の新井
碧野圭 凛として弓を引く
碧野圭 凛として弓を引く〈青雲篇〉
碧野圭 凛として弓を引く〈初陣篇〉
赤松利市 東京棄民
五木寛之 ソフィアの秋
五木寛之 狼のブルース
五木寛之 海峡物語
五木寛之 風花のひと
五木寛之 鳥の歌(上)(下)
五木寛之 燃える秋
五木寛之 真夜中の望遠鏡〈流されゆく日々'78〉
五木寛之 ナホトカ青春航路〈流されゆく日々'79〉
五木寛之 旅の幻燈
五木寛之 他力

五木寛之 こころの天気図
五木寛之 新装版 恋歌
五木寛之 百寺巡礼 第一巻 奈良
五木寛之 百寺巡礼 第二巻 北陸
五木寛之 百寺巡礼 第三巻 京都I
五木寛之 百寺巡礼 第四巻 滋賀・東海
五木寛之 百寺巡礼 第五巻 関東・信州
五木寛之 百寺巡礼 第六巻 関西
五木寛之 百寺巡礼 第七巻 東北
五木寛之 百寺巡礼 第八巻 山陰・山陽
五木寛之 百寺巡礼 第九巻 京都II
五木寛之 百寺巡礼 第十巻 四国・九州
五木寛之 海外版 百寺巡礼 インド1
五木寛之 海外版 百寺巡礼 インド2
五木寛之 海外版 百寺巡礼 朝鮮半島
五木寛之 海外版 百寺巡礼 中国
五木寛之 海外版 百寺巡礼 ブータン
五木寛之 海外版 百寺巡礼 日本・アメリカ
五木寛之 青春の門 第七部 挑戦篇

五木寛之 青春の門 第八部 風雲篇
五木寛之 青春の門 第九部 漂流篇
五木寛之 親鸞 青春篇(上)(下)
五木寛之 親鸞 激動篇(上)(下)
五木寛之 親鸞 完結篇(上)(下)
五木寛之 五木寛之の金沢さんぽ
五木寛之 海を見ていたジョニー 新装版
井上ひさし モッキンポット師の後始末
井上ひさし ナイン
井上ひさし 四千万歩の男 全五冊
井上ひさし 四千万歩の男 忠敬の生き方
井上ひさし 司馬遼太郎 新装版 国家・宗教・日本人
池波正太郎 私の歳月
池波正太郎 よい匂いのする一夜
池波正太郎 梅安料理ごよみ
池波正太郎 わが家の夕めし
池波正太郎 新装版 緑のオリンピア
池波正太郎 新装版 殺しの四人〈仕掛人・藤枝梅安(一)〉
池波正太郎 新装版 梅安蟻地獄〈仕掛人・藤枝梅安(二)〉

講談社文庫　目録

2024年6月14日現在